PATTY DIPHUSA,
LA VÉNUS DES LAVABOS

DU MÊME AUTEUR

Le Feu aux entrailles
La Sirène, 1992

La Fleur de mon secret
Éditions du Levant, 1995

Femmes au bord de la crise de nerfs
L'Avant-scène, 1995

Pedro Almodóvar

PATTY DIPHUSA,
LA VÉNUS DES LAVABOS

ROMAN

Traduit de l'espagnol
par Gérard de Cortanze
et Patricia Rey

Éditions du Seuil

La première édition de cet ouvrage a paru
aux Éditions Ramsay / De Cortanze, en 1991.

TEXTE INTÉGRAL

TITRE ORIGINAL
Patty Diphusa y otros textos
ÉDITEUR ORIGINAL
Editorial Anagrama, Barcelone

ISBN original : 84-339-2339-0

ISBN 2-02-025584-7
(ISBN 2-85956-988-X, édition brochée)
(ISBN 2-02-017330-1, 1re publication poche)

PRÉSENTATION PAR GÉRARD DE CORTANZE

Un bruit de talons aiguilles dans le lointain

> « Quand j'étais petit, je voulais être écrivain. Et, de fait, j'écrivais continuellement. En réalité, ce que j'ai le plus fait dans ma vie, c'est écrire... »
>
> Pedro Almodóvar

Pedro Almodóvar est un autre, ses *je* sont multiples. Derrière les masques, derrière les travestissements, il se révèle, il apparaît. Avec *Patty Diphusa*, plus encore que dans ses films, peut-être, il se met à nu. Insolent, pudique, il nous parle de son enfance paysanne dans un petit village de la Manche, de son arrivée à Madrid, de la découverte progressive d'une vie citadine qu'il subit dans un premier temps, puis dont il devient l'un des éléments moteurs. Mais lorsque l'ironie apparaît, éclate, prend la pose, elle débouche toujours sur l'émotion. Car tout, chez Pedro Almodóvar, qu'il s'agisse de ses films – notamment *Talons aiguilles* qui a connu le succès que l'on sait – ou de sa littérature – *Patty Diphusa* en est un exemple –, est autobiographique et émane de l'imperturbable développement de l'existence dans une œuvre : « Ce qui ne veut pas dire que j'ai passé toutes les nuits des années 80 à faire des pipes dans les lavabos, déclare-t-il à *Libération* en décembre 1991. Mais *Patty Diphusa* me représente ainsi que le milieu où je vivais. C'est vraiment l'esprit dans lequel nous vivions. Toutes les aventures ne m'appartiennent pas directement, mais des amis me les ont racontées. A relire le livre, c'est amusant de penser que toutes les choses sont réelles. »

La « Movida » madrilène a vécu. Cette explosion de l'après-franquisme a été très vite supplantée par d'autres modes, d'autres mots d'ordre, d'autres rites. Car tout va très vite dans l'Espagne d'aujourd'hui. A peine reçoit-on ici, de l'autre côté des Pyrénées, des nouvelles de l'ex-autre fille aînée de l'Église qu'elles sont caduques, et à ranger pour certaines au rayon des accessoires inutiles. Les *donzellas cristianas* se baladent en baskets et en talons hauts et les *matadores* préfèrent les dangers de la Bourse aux sables ensanglantés des arènes. Aussi les textes rassemblés dans ces pages, pour la plupart publiés dans des revues entre 1985 et 1989, témoignent-ils d'une certaine nostalgie. Celle d'une époque où Pedro Almodóvar n'était pas un « cinéaste de renommée internationale » : « Aujourd'hui, je m'amuse beaucoup. Mais c'est très différent. C'est un divertissement sans rire. Je ris encore souvent, mais il n'y a plus de fous rires dans mes amusements. Madrid, ou moi, a changé. C'est moins amusant. Si je pouvais donner un nouveau conseil pour devenir un cinéaste de renommée internationale, j'ajouterais une certaine dose de tristesse et de désespoir. »

Le cinéma d'Almodóvar, parce qu'il nous donne de son pays une image totalement subjective, personnelle, touche au général par le particulier. Ses analyses, prises dans les filets d'un certain milieu et d'une certaine société utilisés comme microcosme, sont révélatrices d'une Espagne multiple, mouvante, *baroque* au sens cosmogonique du terme : dont le centre est partout et la circonférence nulle part. On se perd un peu dans les films de Pedro Almodóvar. Comme dans le cristal et l'obscurité des rêves, ou comme dans une vaste géographie, ou comme sur une scène qui se répéterait et dont les symétries et les variantes seraient censées contredire les impatiences du destin. Plongés rapidement dans un labyrinthe des passions, on perd le fil, on oublie tout et puis soudain tout vous ramène à la vie, au quotidien, aux sentiments. Est-il nécessaire de rappeler qu'Almodóvar a fait de Tennessee Williams un de ses maîtres, sinon à penser, du moins à exister...

L'existence, parmi un vacarme de manifestations, tel est bien le thème majeur développé ici, et dans *Patty Diphusa* et dans la série de textes regroupés sous le titre ironique de *Remplissage.* Rien n'est plus émouvant que ce conglomérat de récits, de notes, de messages, de scénarios, d'histoires, de conseils qui font comme une mosaïque : celle d'une vie derrière laquelle l'auteur donne sans cesse l'impression de courir. Almodóvar est un marathonien, un solitaire qui se penche inlassablement sur une enfance à retrouver, sur une culture acquise au prix d'un choix personnel et unique – avec exaltation et emphase.

Chez ce petit garçon venu de sa campagne, qui comprend un jour qu'il est « différent » et qu'il ne se sauvera qu'en cultivant cette différence ; chez cet homme brisé (*Un bon début*) qui perd un amour à l'instant précis où il réalise qu'il peut enfin le gagner ; dans cette héroïne de science-fiction (*La Naissance de Dada*) qui monte au sommet d'une montagne pour aller crier son nom monosyllabique, et qui ne reçoit en échange que ce même nom renvoyé par un écho qui ne l'a en rien modifié, se trouve ce que nous pourrions appeler, chez Pedro Almodóvar, la « tentation de la trace ».

En effet, contrairement au vent qui ne laisse pas de trace, « le vent si pareil à nous et à notre vie », dit Alvaro Mutis, la vie selon Almodóvar n'est faite que de traces et de blessures, de mémoires lestées et de souvenirs qui dérivent comme des icebergs. Ainsi, lorsque Patty Diphusa,

« star internationale du porno », est invitée par un directeur de revue branchée à raconter ses mémoires, elle qui ne dort jamais et qui a tant de choses à dire, elle qui ne vit que de sexe et de drogue, de virées nocturnes dans le Madrid des cocktails et des boîtes, des taxis de nuit et des aubes qui ne se lèvent jamais, pose-t-elle, *e pesar de todo*, sur le monde et sur sa place dans ce monde, un regard critique. Lasse ou enthousiaste, cruelle et désespérée, celle que d'aucuns ont surnommée la « Vénus des lavabos » pratique la philosophie, au sens où l'entend Valéry : « Revient du familier à l'étrange et dans l'étrange affronte le réel. »

Almodóvar romancier, Almodóvar essayiste procède par petites touches, par ratures, par remords, par errances, essentiellement entre les différentes saisons du cœur – la cinquième saison, soutient Tennessee Williams.

Plus que la farce du monde, plus que ses strass et ses superficialités, c'est le quotidien, les petites allumettes craquées dans le noir dont parle Virginia Woolf, qui intéresse Pedro Almodóvar. Augustín, son frère-producteur, le double de toutes ses aventures, au-delà même de leur association au sein de la société de production « El Deseo », le rappelle dans une interview qu'il accorda en mai 1991 aux *Cahiers du cinéma* : « Pour Pedro, c'est très important d'être en contact avec les gens de la rue. Il s'intéresse à ce qui arrive à la secrétaire ou à la concierge, il se nourrit de ça, c'est sa façon de vivre. »

Plus qu'une leçon, ces pages venues d'un temps où « les drogues étaient encore ludiques et le sexe hygiénique » (Almodóvar) nous livrent une façon de vivre, une éthique qui ne s'embarrasse d'aucun intellectualisme desséchant. Almodóvar ne discourt pas : il palabre autour d'une table entre amis. Il ne pense pas : il est la pensée. Il ne badine pas avec l'amour : il tente une descente au-dedans de ce sentiment étrange que nous tentons tous d'habiter. Attendant tout des surprises de la vie et de la tendresse humaine, il serait un peu comme cet homme qui, regardant son double, son frère, son ennemi, l'autre, avec une sympathie un peu triste, dans un miroir, comprendrait qu'il est tout à la fois absolument séparé de ce frère, de cet ennemi, de cet autre, mais qu'à jamais ils ne sont plus des étrangers...

Né à l'aube des années 50, Almodóvar a commencé par écrire des scénarios de BD. Après l'échec de la troupe théâtrale « Los Goliardos », il crée un groupe de pop-rock « Almodóvar y Macnamara », puis se lance dans le cinéma en tournant des films en super 8. Son premier succès date de 1980 : Pepi, Luci, Bom et les Autres Filles du quartier. *Viennent ensuite de nombreux films dont :* Le Labyrinthe des passions *(1984),* Matador *(1985-1986),* Femmes au bord de la crise de nerfs *(1987),* Attache-moi *(1989),* Talons aiguilles *(1991) ou encore* Kika *(1993).* Patty Diphusa, la Vénus des lavabos *est son premier roman.*

PROLOGUE

Quand je pense au destin de ce livre, je pense tout naturellement à la liste des meilleures ventes, et lorsque je pense à cette dernière, je ne peux m'empêcher de me demander à quel genre il appartient : est-ce un roman ou un essai ? Moi-même, je ne sais pas où le mettre : *Patty Diphusa, la Vénus des lavabos* participe des deux genres. Maintenant que le temps a passé et que nous sommes entrés dans une nouvelle décennie, Patty, du moins à mes yeux, est le type même de la fille des années quatre-vingt.

Toujours de mon strict point de vue, l'aube des années quatre-vingt fut une aube intrépide durant laquelle le temps a donné beaucoup de lui-même. Non seulement nous étions plus jeunes et plus minces, mais aussi notre innocence, notre soif d'inconnu faisaient que nous nous lancions dans tout tête baissée avec joie. Nous ne connaissions pas le prix des choses ni ne pensions en termes de rentabilité. Nous n'avions pas de mémoire, nous imitions tout ce qui nous plaisait, et nous nous amusions beaucoup en le faisant. N'existait aucun sentiment de solidarité, de famille politique, d'appartenance sociale, de génération et plus nous plagiions, plus nous avions l'impression d'être authentiques. Nous étions d'une prétention invraisemblable mais l'absence même de perspective retournait cette situation. Les drogues ne montraient encore que leur face ludique et le sexe était quelque chose de terriblement hygiénique.

Je ne veux faire aucune généralisation, je ne parle que de moi et d'une centaine de personnes, tout au plus, que je connaissais (bien qu'il y en ait sans doute un plus grand nombre). C'est pour elle, et dans cette atmosphère si particulière, que naquit et grandit Patty Diphusa. En ce début des années quatre-vingt, nous vivions en-permanence-dans-la-Factory-de-Warhol. En lisant les Mémoires d'Eddie Segwick, j'ai compris jusqu'à quel point, et cela dix années plus tard, certains cercles madrilènes ressemblaient à certains cercles new-yorkais.

Des cercles vicieux, et sans issue, comme il se doit.

Ces dix ans d'avance avaient fait des Américains les arbitres de la scène artistique et sociale, tandis que nous en étions encore à nous arracher à nos sombres et mirifiques égouts ; mais si l'on excepte l'argent et les concours, nous avions beaucoup de choses en commun. Rares sont les personnes capables d'agir efficacement qui le comprirent. Parmi elles, une des plus efficaces fut sans conteste Fernando Vijande ; gloire lui soit rendue. Lors d'une exposition consacrée aux œuvres récentes d'Andy Warhol (cuillers, croix et pistolets), il fut à l'origine de la rencontre entre les deux mondes marginaux, à la fois si éloignés et si proches. Chaque jour, les uns après les autres, nous étions présentés au Dieu Warhol, lors de soirées données en son honneur, mais il ne faisait attention à personne (à la multitude de gens qui assistait à ces cocktails). Andy exhiba à Madrid son côté le plus égocentrique, affectant un détachement certain, se contentant de faire acte de présence là où on l'attendait, donnant l'impression d'une caméra dont le magasin n'aurait pas été chargé. Ce qui l'intéressait le plus, c'étaient les marquises et la foule, d'éventuels acheteurs peut-être, en fait, je crois que rien ne l'intéressait vraiment.

On a toujours fait de moi le Warhol espagnol. Lors de la soirée donnée chez les March en l'honneur d'Andy, il me demanda quelle en était la raison. « Parce qu'on a trouvé rien d'autre pour parler de moi », ai-je répondu.

« A première vue, nous ne nous ressemblons guère », me dit-il. Il brillait de tous les feux de sa célèbre perruque platine et moi de ma vraie tignasse noire de jais. « Ce doit être parce que dans mes films on trouve beaucoup de travestis et de drogués », répondis-je avec insolence, conscient du fait que ce que je venais de dire et le rôle que j'étais en train de m'attribuer avaient quelque chose de ridicule.

Pourquoi, dans ce prologue consacré à mon livre, rappeler cette anecdote ? Ah, oui. Afin de montrer que Patty Diphusa était bien la sœur cadette de ce troupeau de filles égarées qui peuplent les films du tandem Warhol-Morrissey. Si j'avais eu une bonne connaissance de l'anglais, c'est ce que j'aurais essayé d'expliquer au maître.

Mais revenons à la scène madrilène au sein de laquelle naquit Patty, alors que nous étions tous des inconnus, que nous n'avions pas un centime en poche, mais que chaque jour nous apportait son lot de nouveautés. Avec Patty je pouvais m'approprier ces nouveautés et, au passage, m'exercer à l'écriture, activité pour laquelle j'ai toujours éprouvé une vive inclination. J'ai utilisé Patty comme support en de nombreuses occasions ; mais ce fut « *La Luna* » qui constitua sa principale tribune. Fidèle reflet de mes sentiments, Patty finit par se lasser d'elle-même et de toute cette frivolité. Cela coïncida avec l'époque à laquelle la « Movida » commençait à tenir le haut du pavé. Les fêtes s'étalaient jusque dans les revues, les projets de disques devenaient réalité, les travestissements étaient à la mode et les potins faisaient la une des quotidiens. Elle disparut avec la même spontanéité qu'elle était apparue.

Plusieurs années après, Jorge Herralde [1] me proposa de réunir les chapitres de ses Mémoires, tels qu'ils avaient été publiés dans « *La Luna* », sans ajout ni omission, fidèles à leur époque et défiant ainsi le passage du temps. Aujourd'hui, j'éprouve un réel plaisir à les voir rassemblés en un livre, alors que, du temps de leur rédaction, je n'étais jamais sûr de pouvoir rédiger le chapitre suivant.

De tous les personnages féminins qui sont nés sous ma plume, Patty est ma favorite. Une jeune femme douée d'un tel appétit de vivre qu'elle n'en dort jamais, naïve, tendre et grotesque, jalouse et narcissique, amie de tout le monde et de tous les plaisirs et toujours prête à voir le meilleur côté des choses ! Quelqu'un qui, à force de ne réfléchir qu'à la surface des choses, finit par en tirer le plus profond. Patty fuit la solitude et se fuit elle-même, et le fait avec beaucoup d'humour et de bon sens.

Patty, qui appartient déjà à la lignée des filles égarées de Warhol-Morrissey et de la première Divine (*Pink Flamingos* et *Female Trouble*), doit aussi beaucoup à la *Lorelei* d'Anita Loos et à celle de Holly Golithly (*Déjeuner avec diamants*) ; il ne me déplairait pas non

1. Directeur des éditions Anagrama.

plus de croire qu'elle possède quelque chose du ton immoral et malin de Fran Lebowitz (*Vie citadine*), sans oublier Dorothy Parker.

Sans prétendre la comparer à de si illustres dames, rien ne m'empêche de rappeler ici qu'elles ne sont pas étrangères à la naissance de Patty Diphusa.

Quant aux autres textes, ils appartiennent aussi à cette même décennie et font inévitablement référence à ma vie et à mon métier. Dans les quatre chapitres intitulés « Conseils pour devenir un cinéaste de renommée internationale », je n'hésite pas à tourner en dérision ma propre trajectoire. *Auto-interview*, bien qu'écrite en 1984, est encore d'actualité, dans la mesure où je parviendrais à recouvrer la désinvolture d'alors.

La Naissance de Dada est un texte très ancien dont je suis très fier. *Sexcrit sur du vent* et *Un bon début* sont des commandes auxquelles j'ai répondu avec assez de classe. Le reste n'est que du « remplissage » destiné à rassasier mes fans.

En conclusion, il ne me reste qu'à vous demander de lire ce livre avec la même absence de prétention que celle qui a présidé à sa rédaction.

PATTY DIPHUSA,
LA VÉNUS DES LAVABOS

MOI, PATTY DIPHUSA

Pour une personne comme MOI, qui a tant de choses à dire, le plus difficile est de commencer. Bon, je m'appelle Patty Diphusa et j'appartiens à ce genre de femmes qui « font » leur époque. Ma profession ? Sexe symbole international ou étoile internationale du porno, comme vous voulez. Mes romans-photos et plusieurs de mes films, tournés en super-huit, se sont très bien vendus en Afrique, au Portugal, à Tokyo, dans Soho et aux Puces de Madrid. La critique spécialisée affirme que mes rôles érotiques portent en eux quelque chose d'inclassable qui me rend unique et qu'on n'a de toute façon pas l'habitude de voir dans ce genre de sous-produit. Alfonso Sánchez a été très gentil avec moi : « Quand tu fais une fellation, le spectateur ne remarque que tes yeux et ta bouche. » On a beau dire, mais je suis avant tout une actrice. Pourquoi le cacher ? Et puis n'ayons pas peur des mots : non seulement j'ai un corps qui rend les hommes fous, mais en plus je suis intelligente. Mais ça, je ne le montre que de temps en temps. Il n'est pas souhaitable de dévoiler à la gent masculine que, sous ses allures de poupée-Barbie-super-star, une femme peut cacher une grande intelligence. Bien que quelquefois, il vaille mieux sortir le grand jeu. Par exemple, comme lors de cette soirée, où j'ai rencontré le directeur de la revue « *La Luna* ».

– Une revue de plus, m'a-t-il dit avec ironie...

– J'aime bien ton magazine, lui ai-je répondu du tac au tac.

– Comment est-ce possible ? le premier numéro n'est pas encore paru !

– Peu importe. Quand quelque chose me plaît, ça me plaît tout de suite !

J'étais tellement convaincante qu'il s'est senti obligé de me flatter.

– Je t'admire beaucoup, Patty. Ton dernier roman-photo, *Les Jumelles cochonnes*, est un régal pour l'esprit et quelle subtilité dans le mauvais goût ! Pourquoi n'écrirais-tu pas pour nous ? Le pays a beaucoup changé ces derniers temps. Aujourd'hui, ça ne choquerait plus personne qu'une Reine du porno ait une chronique dans un mensuel.

Bien entendu, j'ai accepté. Quand on vous fait une proposition aussi agréable que celle-là, on ne la refuse pas ! Comme toutes les femmes de mon espèce, je me suis toujours senti l'âme d'un écrivain !

Avec une autre particularité cependant : quand une fille comme MOI se lance dans l'écriture, elle dit toujours des choses philosophiques ; regardez la *Lorelei* d'Anita Loos : de la philosophie pure et simple. Et peu importe que la personne soit le sujet du livre qu'elle est en train d'écrire ! Malgré mon jeune âge, j'ai connu beaucoup de gens, mais celle que je connais le mieux c'est encore MOI. Je crois qu'il est plus honnête, vis-à-vis du lecteur, de parler de ce que l'on connaît. Le directeur de cette revue m'a donné une idée : « Écris sur un thème d'actualité », m'a-t-il dit. J'ai pensé intérieurement : l'actualité c'est la capacité d'agir. Et MOI, j'en ai une bonne dose, d'actualité : je suis l'actualité ! J'ai tout de suite été convaincue que le meilleur sujet et le plus intéressant, c'était MOI. Je suis heureuse d'y avoir pensé : non seulement c'est actuel, mais original ; personne jusqu'alors n'avait eu l'idée de parler de MOI.

Bien sûr, j'écrirai sur le MONDE, la VIE, comme on voudra. C'est-à-dire que je parlerai aussi de mes amies, Mary Von Éthique et Addy Peuse. Elles sont très superficielles et plutôt monstrueuses, mais comme elles passent toutes leurs nuits dehors, elles sont une mine de renseignements.

La principale vertu de Von Éthique, c'est l'inutilité : elle n'a jamais rien fait, excepté se maquiller et s'exhiber partout... Elle se peint les ongles en noir et ne les a pas coupés depuis quatre ans. Ils sont aussi longs que ses doigts. La longueur de ses ongles a déterminé le sens de sa vie, je veux dire qu'ils l'ont paralysée. Elle ne peut rien faire avec ses mains, excepté fumer et regarder ses doigts en rigolant. Elle ne peut même pas téléphoner. Von Éthique ne pouvait prévoir qu'en se laissant pousser les griffes, son existence allait se réduire à l'essentiel, comme si elle était soudain devenue réellement intelligente. Pour une raison qui m'échappe, la plupart des femmes sont condamnées à une vie banale : prostitution, terrorisme, traite des enfants, gymnastique. Pour Von Éthique, tout est différent : ne pouvant utiliser ses mains, elle ne peut que fumer, boire et rire à longueur de soirées. C'est ce que j'appelle une existence réduite à l'essentiel. De plus, elle se bourre de pâtisseries, de Raider, de Lion et de Nuts. J'ajouterai que c'est à cause de ses ongles qu'elle a si peu de sensibilité et qu'elle déteste les fruits de mer.

Addy Peuse on l'appelle aussi « l'agence Tass », parce qu'elle cultive un goût immodéré pour les commérages. Quelquefois, je sors avec elle et, comme elle est très grosse, on ne passe jamais inaperçues !

Elle aussi travaille dans les romans-photos. Elle joue toujours le rôle d'une tenancière de bordel ou de la mère d'on ne sait qui. Elle dit elle-même qu'elle est la Mae West du cinéma espagnol. Je crois plutôt qu'elle ne peut être guère plus que l'Isabelle Garces des films de Marisol.

Je voudrais que ces pages soient suffisamment instructives. C'est pour cela que je parlerai de Tass et de Mary, car elles représentent pour moi le genre de femmes auquel il ne faut surtout pas ressembler.

Je n'ai toujours pas dit que lorsque le directeur de « *La Luna* » m'a proposé d'écrire dans son magazine, j'étais à une fête donnée en l'honneur d'Andy Warhol. Quelqu'un lui avait téléphoné à New York et lui avait dit que s'il voulait venir passer une soirée à Madrid, son voyage et son hôtel lui seraient remboursés. Il avait répondu oui. On ne refuse pas une invitation à une fête, aussi absurde soit-elle. Plus les fêtes sont absurdes, plus il les aime. Celle qu'on organisait ici avait toutes les chances de lui plaire ! Christopher Makos, le photographe qui l'accompagnait (il est toujours accompagné par un photographe au cas où quelque chose lui échapperait), m'a dit que Warhol n'était pas seulement venu pour la fête, mais aussi dans l'intention de faire ma connaissance. Il avait eu entre les mains mon roman-photo le plus crade, *Baiser noir*, et il avait halluciné sur moi. A Barajas, il a même déclaré aux journalistes que ce qui l'avait le plus influencé en tant que cinéaste et peintre, c'était Patty Diphusa, c'est-à-dire MOI. Il semblerait même qu'un éphèbe gominé soit allé à la Factory à New York avec un exemplaire de *Baiser noir* et un de mes films pornos tournés en super-huit, en disant qu'il les avait lui-même écrits et dirigés !

– Le scénario et la mise en scène ne m'intéressent pas, ça me dégoûte même. Mais Patty Diphusa est un génie. Si Patty Diphusa avait été en Amérique, elle aurait eu son propre programme TV, c'est ce que je crois avoir dit à l'éphèbe gominé.

Je ne sais pas, mais peut-être qu'après avoir eu autant de compliments de la part du créateur du pop'art, j'irai aux États-Unis pour tenter quelque chose.

Ouf ! c'est incroyable ce que je suis créative. Sans m'en rendre compte, j'ai écrit plus de deux feuillets et je n'ai toujours rien dit. Mais bon, je voulais seulement me présenter. Dans les pages suivantes, j'aurai l'occasion de vous ouvrir mon cœur car un sexe symbole a aussi un cœur.

LA RÉALITÉ IMITE LE PORNO

J'ai terminé le chapitre précédent en disant qu'un sexe symbole avait aussi un cœur. Je faisais évidemment référence à moi. Je ne savais pas alors combien, lorsqu'on écrit, on dit de choses fausses, c'est ce que les critiques appellent la création. Une chose est sûre : je suis AMOUREUSE. Vous avez bien lu : AMOUREUSE. Je vais vous raconter comment ça s'est passé. Je venais d'arriver d'Ibiza avec mon amie, l'impossible et inattendue Addy Peuse que l'héroïne n'a pas fait maigrir d'un gramme. Cette fille est incroyable, c'est la seule junkie que je connaisse qui ait gardé toute sa graisse ! En vérité, elle s'est jetée à fond dans l'héroïne pour ne pas être en reste, ou, comme elle le dit elle-même, « parce qu'elle est une femme d'expériences ». Mais les drogues dures lui ont si bien réussi qu'elle a parfois l'air aussi molle qu'une assiette de tripes à la madrilène. Mais je ne veux pas lui consacrer trop de lignes : elle n'est pas assez commerciale... MOI, OUI.

A peine débarquées de l'avion, nous avons su qu'il y avait une exposition consacrée à la peinture algérienne d'avant-garde et qu'elle serait suivie (l'exposition, pas la peinture) d'une fête dans une maison de Puerta de Hierro. Je mentirais si je disais que la peinture algérienne d'avant-garde m'intéresse, mais c'était l'occasion de montrer mon bronzage automnal, je tiens à le préciser, naturel. Nous sommes arrivées assez tard et déjà passablement éméchées. A la porte nous avons rencontré COSTUS. Cela ne faisait aucun doute : la nouvelle peinture algérienne plagiait la jeune peinture madrilène ! J'ai essayé de faire un geste, comme pour lui dire que je n'en revenais pas, mais ce qui m'intéressait le plus, c'était d'avoir l'adresse de la fête. Comme toujours, Addy trouva place dans une voiture sans y avoir été invitée. Et elle me laissa en plan, là, appuyée que j'étais contre la porte d'entrée de la galerie.

Deux garçons se sont alors approchés. On t'emmène à la fête ? Je leur ai répondu que j'étais d'accord, mais qu'avant je devais vomir, ici, sur le trottoir. Ouf, après je me suis sentie beaucoup mieux. Dans la voiture, il faisait tellement chaud que je me suis tout de suite assoupie, je dormais si profondément que je ne faisais pas attention à eux.

Je ne suis pas, MOI, comme cette DEWI SUKARNO qui attire toujours l'attention sur sa SEREINE BEAUTÉ et son ÉLÉGANCE. Moi, j'appartiens à ces femmes qui, simplement et à n'importe quel moment, APRÈS AVOIR PRÉPARÉ UN BON PETIT PLAT par exemple, sont capables de rendre les hommes fous. Parfois on oublie qu'ON est une BOMBE SEXUELLE et avec une BOMBE telle que moi, certains hommes oublient les bonnes manières et spécialement lorsqu'ils viennent de sortir de la prison où on les avait jetés pour meurtre avec préméditation et que la seule odeur des moules leur fait perdre le peu de raison qu'il leur reste. Je veux dire que lorsque je suis montée dans la voiture, je me suis immédiatement endormie et que lorsque je me suis réveillée, je n'étais pas dans une luxueuse villa de Puerta de Hierro, mais dans une vieille maison de campagne, allongée sur le sol comme une vieille guenille ressemblant à une chanteuse punk, le clitoris endormi attaqué par une queue ravageuse. Je ne me suis pas mise à crier pour autant. Je ne suis pas aussi idiote, mais j'ai posé les bonnes questions : « Où suis-je ? » « Que fais-je ici ? » Pour toute réponse j'ai reçu une beigne en pleine figure et un salut du genre « ne fais pas l'innocente. Tu as vomi pour nous provoquer. Putain ». C'est toujours flatteur de voir des hommes « fous de désir » pour soi, mais je dois reconnaître que j'ai eu peur.

Pendant que l'un me pénétrait, l'autre me pinçait les seins comme s'il voulait se persuader qu'ils n'étaient pas faux. Malgré les circonstances, j'ai déployé tout mon charme et je leur ai dit de ne pas s'inquiéter : nous leur ferions, mes charmes et moi, tout ce qu'ils désiraient. C'est sans doute ma bonne éducation qui les a poussés à bout. Je ne suis pas particulièrement attirée par le morbide et comme ce n'est pas la première fois qu'on me viole, je ne raconterai pas tout dans les moindres détails.

En bref, l'un sortait de prison et il s'en est fallu de peu pour qu'il me prenne pour sa mère. L'autre, en plus d'être homosexuel, était timide et m'avait vue dans différents clubs. Ma façon de fumer fascinait le premier, qui était tombé amoureux de moi et m'avait idéalisée. J'ai vite pigé que le second était amoureux de son ami depuis sa plus tendre enfance. Il lui avait promis, pour sa sortie de prison, un cadeau qui serait ce-qui-lui-plaisait-le-plus-au-monde : ce fut MOI. Je les comprenais, bien sûr, mais en général je préfère que les choses se fassent de façon plus civilisée ; ça me gêne que la vraie VIE soit comme dans les romans-photos pornos. Ça devient ennuyeux à la fin, cette réalité qui imite le porno, surtout si j'en suis l'héroïne. Après m'avoir insultée, comme il aurait aimé injurier sa mère, l'Assassin dit à l'autre de me baiser et l'autre lui répondit qu'il préférait se masturber en nous regardant, ce à quoi l'Assassin lui rétorqua que j'étais son cadeau, qu'il l'utilisait mal, et que puisqu'il en était ainsi, il le partagerait avec lui. Mais comme l'autre ne comprenait pas, l'Assassin lui expliqua qu'il m'enfoncerait sa queue dans le con en même temps que la sienne ! « Je ne sais pas s'il y a de la place pour les deux », ai-je insinué. L'Assassin me donna un nouveau coup de poing pour me faire taire. Il fallait absolument que je me concentre sur un exercice de relaxation : je pensais que j'étais sur une île déserte, nue au soleil, bercée par le bruit de la mer et caressée par la brise des Caraïbes.

Être violée par deux psychopathes, rien de plus normal. Mais être ensuite abandonnée dans une maison de campagne, à l'aube, avec une tête de vampire de films mexicains, ça, c'est insupportable ! Aussi leur ai-je dit que la moindre des choses, maintenant qu'ils m'avaient violée, c'était de me reconduire chez moi : j'avais besoin de prendre un bain, et dans ce trou perdu il n'y avait pas de taxis ! Alors ils m'ont répondu qu'ils n'osaient pas me regarder en face et qu'ils préféraient oublier tout ce qui s'était passé et que moi aussi j'oublierai tout. Même dans *Les Jumelles cochonnes*, un de mes plus célèbres romans-photos, je n'avais pas l'air aussi répugnante. J'ai trouvé cette remarque très déplaisante et j'ai compris que dans certaines situations, les femmes n'ont plus qu'une solution : devenir féministe. Justement, je me trouvais exactement dans une de ces situations. Ce n'est pas que je craignais de rencontrer deux nouveaux psychopathes ni même qu'ils ne me violent une nouvelle fois cette même nuit. Non : je m'inquiétais de savoir comment j'allais rentrer chez moi. Ce n'est pas à vous que je vais l'apprendre : tout le monde connaît les problèmes des transports en commun à Madrid !

J'ai vu une lumière qui clignotait dans le lointain, et comme j'ai des réflexes rapides, je me suis immédiatement jetée sur la route pour obliger la voiture à s'arrêter. Avec l'arrivée des extraterrestres, les gens ne sont plus étonnés de prendre des auto-stoppeurs en d'étranges circonstances... Je suis tombée sur un type. « Que s'est-il passé ? » m'a-t-il demandé. « Laissez-moi monter et je vous raconterai tout », lui ai-je répondu. Alors je lui ai tout raconté, même ce qui n'était pas arrivé. Il ne s'agissait plus de simples assassins, mais d'un groupe de « Heavy Rock » basque, tous très costauds, grands, avec de beaux yeux, barbus. J'ai même ajouté que l'un de mes violeurs était le frère de Miss Espagne 83 laquelle, comme tout le monde le sait, est basque. Et en plus d'être rockers, ils devaient aussi être terroristes. J'étais très bien, comme ces Prêtresses du Vice dans *SALO* de PASOLINI. J'étais si explicite que j'en étais même arrivée à m'exciter en pensant à ce que cela aurait pu être si ça s'était vraiment passé ainsi cette nuit. Parce que MOI, vous savez, je ne sais pas si vous vous en êtes encore bien rendu compte, mais je suis une femme qui n'a pas peur du PLAISIR. Tout en parlant j'ai posé ma main sur la braguette du type, et je me suis rendu compte qu'il était presque aussi excité que moi le salaud ! Comme nous n'étions pas loin de la maison de campagne, paradis de l'amour libre, nous avons fait l'amour. Il m'a dit de faire attention, de ne pas lui laisser de marques, qu'il était un garçon... très sensible. Tout y est passé. A la fin, alors qu'on s'habillait, il m'a avoué que c'était la première fois qu'il léchait une chatte..., cet aveu m'a rendue morose. MOI, la plus moderne, la plus experte, celle que plus rien n'émeut, même les mots accompagnés de quelque chose en plus, du genre rivière de diamants par exemple, eh bien cette fois j'ai été émue. Bien que je sois une star du porno, je suis terriblement sentimentale.

Lorsqu'il m'a raccompagnée à la porte de la maison, et que je lui ai dit : « Tu as deux minutes pour me décevoir. Je crois que je suis amoureuse de toi », il m'a répondu : « Je suis marié et j'ai des enfants. » « Cela ne me déçoit pas. Je souhaiterais être déçue pour pouvoir dormir tranquillement cette nuit sans penser à ta queue. » Je l'ai embrassé. Il m'a redemandé une nouvelle fois de ne pas lui laisser de traces. J'ai continué de le trouver très délicat. « Laisse-moi ton numéro de téléphone au cas où j'aurais envie de te voir. Note le mien. Depuis que j'ai neuf ans, les hommes n'ont pas cessé de me poursuivre. Que ressens-tu ? » lui ai-je dit d'une seule traite. Les questions ne sont jamais indiscrètes, mais quelquefois les réponses le sont. « Ça va. Je te laisse. J'ai besoin de prendre un bain », ai-je ajouté.

Et nous nous sommes quittés. Pendant que j'étais dans mon bain, j'ai repensé à cette nuit. Les images défilaient devant mes yeux comme si j'avais pris de l'acide. Une image revenait toujours : je n'avais jamais léché une chatte avant la tienne... Je n'avais jamais léché une chatte avant la tienne... Je ne pouvais m'enlever cela de la tête. Que pensait-il de moi ? Je suis sûre qu'il m'a prise pour une femme légère. Il se trompe. Je suis une femme à la vie mouvementée. Je l'appellerai demain pour le lui dire. Comme vous pouvez vous en rendre compte, je suis folle de lui. Dominer le monde ou qui que ce soit ne m'intéresse pas. Je ne pense qu'à une chose : Lui. Je le répète, je suis accro. Je l'ai dans la peau.

SCÈNE DE MÉNAGE DANS LES TOILETTES D'UNE DISCOTHÈQUE

J'ai pris un bain à l'argile. La vérité, c'est que lorsqu'ils m'avaient violée quelques heures auparavant dans la maison de campagne, j'étais aussi recouverte de boue, mais ce n'est pas la même chose. Si vous avez le choix, je vous recommande l'argile pour la peau. C'est comme si un masque vous recouvrait tout le corps. Lorsqu'on est un sexe symbole comme MOI, il ne suffit pas d'avoir un JOLI MINOIS. L'essentiel c'est quand même le CORPS. J'ai beaucoup de résistance, mais je me sentais fatiguée. De toute façon, les souvenirs me tenaient éveillée. Et la douche après le bain, comme chacun sait, tonifie. Je suis donc allée me droper au club.

Il pleuvait. Une fois dans la rue, je me suis dit : « Au moins, il ne pleuvait pas quand ils m'ont violée. » Je trouve toujours une raison pour rester optimiste. Bien que je sois un sexe symbole, je suis assez équilibrée. Il pleuvait à torrents. Une psychologue amoureuse de son mari et avec des enfants serait restée chez elle. Mais la prudence n'est pas mon fort, et puis ce n'est pas avec ça qu'on gagne beaucoup d'argent. Il y a quelques jours, je me suis acheté une vidéo, mais je ne sais toujours pas comment ça marche. Quand je la maîtriserai complètement et que j'aurai beaucoup de cassettes, elle sera peut-être comme un vrai MARI, qui saura remplir mes heures perdues et m'empêchera de sortir les nuits d'orage, en quête d'aventures. Pour le moment je n'ai pas de cassettes qui sachent me retenir sous la couette.

Sur la piste de danse, des gens se trémoussaient et quinze garçons me regardaient avec insolence. Je pouvais lire dans leurs yeux : « C'est Patty Diphusa, la grande star internationale. » Mais aucun d'eux n'a osé s'approcher. « C'est un sexe symbole, ce n'est pas n'importe qui ! » Quelques secondes à peine m'ont suffi pour me faire une opinion. Un seul a fait TILT. Il ne dansait pas, mais tout en parlant à une adolescente obscène, il faisait bouger ses muscles au rythme de la musique. En le regardant, j'ai deviné que c'était un bon danseur. Quand je suis EN CHALEUR, je suis très « réceptive ». Dans ces moments-là je pourrais prédire l'avenir de n'importe quel homme politique. Il y avait quelque chose qui m'attirait chez ce garçon. Je ne parle pas du paquet qui remplissait sa braguette, ni de ses BRAS qui ressemblaient à une usine de vitamines. Non, c'était autre chose. Mais je ne savais pas quoi.

J'aimais bien regarder les gens danser. J'avais aussi envie de le regarder, lui. L'adolescente obscène m'a demandé une cigarette.

– Je n'en ai pas, mais je sais où on peut en acheter. Tiens. Apporte-moi un paquet et prends-en une.

Je lui ai donné un billet. Et je suis restée seule avec le garçon. Maintenant, j'en étais certaine, je l'avais déjà vu quelque part. Il y avait quelque chose, peut-être son odeur, sa façon de me dire « salut », de sourire. Je ne sais pas... Je lui dis :

– Si tu danses pour moi, je te donnerai ce que tu voudras.

– Je vais danser, mais je n'ai pas besoin que tu me donnes quelque chose. J'aime danser et ça me suffit.

Tina Turner aurait mouillé à mort en voyant ce que ce beau mec faisait sur son dernier tube. Et si Prince l'avait vu danser sur son « Dirty Mind », il n'aurait pas hésité à faire une tournée gratuite en Espagne rien que pour prendre un petit déjeuner avec lui. En un mot, ce garçon était un spectacle à lui tout seul. Il semblait sortir tout droit de la « Juventud Baila ». S'il avait dansé une demi-heure cela aurait pu être ennuyeux, mais ce ne fut pas le cas, et les cinq minutes qu'il venait de m'offrir étaient une intraveineuse à l'eau-de-vie. Ce n'était pas une mauvaise idée que de lui avoir demandé de danser. Il s'approcha de moi.

– Je suis sous amphètes... Je pourrais danser toute la nuit. Je pourrais faire n'importe quoi.

– Viens, lui ai-je dit tout en le prenant par la main et en essayant d'éviter l'adolescente obscène qui arrivait en haut de l'escalier. J'ai une dette envers toi. Je veux te faire un cadeau.

Alors je l'ai emmené aux lavabos. Nous sommes entrés dans la partie réservée aux hommes et nous nous y sommes enfermés. Il m'a demandé :

– Qu'est-ce qu'il y a ? Tu as de la coke ?

– Oui.

Et tout en lui disant cela, je me suis jetée sur ses lèvres pour qu'il ne demande pas d'autres drogues. Sur le chapitre des drogues, les jeunes sont insatiables. Alors que sa bouche se scellait à la mienne, je le déshabillai. La VIE est éphémère. Parfois on n'a pas d'autres solutions que de faire plusieurs choses à la fois si on veut en tirer le maximum, de la vie !

– Ne me laisse pas de marques, me dit-il.

– Tu as honte ? Ce sont des blessures de guerre, des

décorations que t'offre l'ambassadrice du plaisir. Elles ne devraient pas te faire honte, au contraire.

– Chacun a ses engagements.

– Je sais. Et le pire pour une fille libre, justement, c'est de tomber sur des gens qui en ont pris !

Comment a-t-il fait pour me remonter la jupe jusque sous les aisselles pendant que je tentais de lui inculquer de si importants concepts et que je l'aidais à baisser son pantalon jusqu'aux genoux ? Je ne le sais pas. Ce qui est certain, c'est qu'il l'a fait et que je ne le regretterai jamais. L'endroit ne nous permettait pas de faire un soixante-neuf, ce qui était notre impulsion naturelle. On a décidé de prendre son pied chacun son tour. Il s'est agenouillé. Après qu'il m'eut léché la moule à en crever, il a levé la tête et m'a avoué :

– C'est la première fois que je lèche une chatte.

– Toi aussi !

– Que veux-tu dire ?

– C'est la deuxième fois qu'on me le dit cette nuit. Pour les marques aussi. Je commence à en avoir marre.

Il n'y avait pas lieu de prendre la mouche, et comme je suis une fille équilibrée, j'ai préféré penser que les violeurs me portaient chance.

De toute façon, ce n'était pas le moment de tergiverser. Portée par un sens inné de la justice, je me suis agenouillée et je lui ai mordillé avidement le GLAND. Il avait l'air aussi heureux que moi.

– Les amphètes c'est divin, lui ai-je dit.

On a fait tout ce que deux personnes qui ont un peu de bon sens et qui sont pleines de vitalité peuvent faire dans un mètre carré de W.-C. Nous n'en étions encore qu'à notre troisième orgasme lorsqu'on frappa à la porte.

– C'est occupé ! ai-je crié.

– C'est une orgie. Si tu veux en faire partie on t'ouvre la porte, dit mon partenaire.

Comme on peut le constater, c'est un garçon très ouvert. Je n'ai rien dit, ce n'était pas le moment de jouer les mijaurées. On a ouvert la porte et QUI ÉTAIT LÀ ? Le-type-qui-m'avait-recueillie-dans-la-maison-de-campagne-après-que-les-psychopathes-m'eurent-violée-alors-que-l'un-d'eux-venait-de-sortir-de-prison. Le dialogue qui a suivi donnait à peu près ça :

– Toi ? dit le visiteur.

– Toi ? lui ai-je demandé après l'avoir reconnu.

– Et toi ? me demanda-t-il quand il m'eut reconnue.

Comme toujours lorsque je me trouve dans une situation embarrassante, je me suis comportée de la manière la plus naturelle qui soit.

– Entre et mets-toi à l'aise comme tu pourras. Tu arrives au bon moment.

– Merci beaucoup, me répondit-il d'un ton agressif.

Il avait l'air en colère. « Il m'aime, ai-je pensé. Et ça ne lui plaît pas de me voir dans les toilettes avec un autre. » Même si je suis flattée, je n'oublie jamais ma condition de femme libre. Aussi lui ai-je reproché d'un ton suffisamment « féministe » :

– Qu'est-ce qu'il y a ? Ça te gêne que je baise avec un autre ?

Il ne se démonta pas et répondit du tac au tac :

– Oui, surtout si l'autre est mon fiancé.

– Quoi ? Tu n'es pas marié ?

– Oui, avec moi ! expliqua le danseur en enlevant sa queue de mon sexe et en la remettant dans son pantalon.

– Où vous êtes-vous connus ?

Maintenant c'était au tour du type du club de jouer les offusqués :

– Excusez-moi. Je n'en suis plus aux scènes de ménage. Je suis trop moderne pour ça.

– Ne pars pas, dit le nouveau venu, celui qui m'avait recueillie dans la maison de campagne. C'est moi qui suis gêné, pas toi.

– Non, c'est moi qui suis de trop. Je pourrai toujours t'attendre à la maison. Tu avais dit que tu rentrerais de voyage à minuit.

– Permettez-moi d'être généreuse une fois de plus, leur dis-je très dignement sans un brin d'orgueil, je n'aime pas les gens orgueilleux. C'est moi qui m'en vais. Vous m'oublierez vite. J'ai fait attention à ne pas vous laisser de marques.

Puis je suis sortie de la discothèque.

Dans les escaliers, je ne sais combien de garçons m'ont regardée, mais personne n'a osé me parler. Peut-être qu'une certaine déception pouvait se lire sur mon visage. Dans la rue, il ne pleuvait plus. Fidèle à ma devise, je ne voulais voir que le bon côté de cette affaire... Il faisait froid, mais j'avais besoin de marcher et de réfléchir un moment. Avant de prendre un taxi, j'ai essayé de faire le point sur ma nuit... Six joints, quatre hommes, tous fous de moi. Et moi qui rentre seule à la maison ! Mais ça ne me faisait rien. Je préfère être une fille indépendante plutôt que d'être avec un assassin ex-prisonnier, un ami bizarre ou un couple bisexuel sans capacité d'improvisation. J'ai pensé : « Quand je serai à la maison, je me ferai une soupe Campbell de queue de bœuf, c'est très réconfortant. » Vivre seule peut avoir ses avantages si on sait s'organiser.

« Voilà un taxi, je vais le prendre. On ne sait jamais, peut-être que le chauffeur ? »

UN KILO DE FRUITS DE MER
(Mon chapitre préféré)

Je suis montée dans le taxi. Le conducteur était un mélange de Robert Mitchum et de Sean Connery. Un dur en définitive. Il m'est revenu une phrase à l'esprit, une phrase que j'avais lue quelque part car JE LIS beaucoup. Rien ne me donne plus envie de lire que de voir quelqu'un lire dans le bus, dans les salles d'attente ou au bar d'un snack. La phrase qui va suivre, je l'ai lue par-dessus l'épaule de quelqu'un, dans un café : « La fortune appartient aux audacieux. » MOI j'étais seule, or je suis AUDACIEUSE et un peu d'argent ne me ferait pas de mal. En plus, l'étrange scène conjugale à laquelle je venais d'assister m'avait excitée. Tout ce qui me déconcerte me stimule. Alors je peux faire n'importe quoi, SAUF rentrer chez moi. La maison n'est faite que pour DORMIR, RÉFLÉCHIR, OU SE DOUCHER : j'avais déjà pris une douche et assez réfléchi pour cette nuit !

– Où allons-nous ? me demanda le chauffeur de taxi avec l'assurance d'un professionnel du volant.

– Je ne sais pas.

La radio était allumée et il pleuvait de nouveau.

– Encore cette maudite pluie, se plaignit-il avec une certaine indifférence.

A la radio, les « WEATHER GIRLS » chantaient *It's raining men. Alléluia.*

– Oui, ai-je acquiescé. Il est en train de pleuvoir des hommes.

– Que dites-vous ? (Il me parlait comme si on venait de me faire une lobotomie.)

– La chanson à la radio c'est « il est en train de pleuvoir des hommes ». Vous ne parlez pas anglais ?

– Cette nuit pas encore.

C'était un dur, je vous l'avais bien dit...

– Vous voulez aller quelque part ou vous voulez seulement me prouver que vous n'êtes pas muette ?

Je ne sais pas ce que ce TYPE faisait là au volant de son taxi : c'était Dashiell Hammet en personne ! Quel dialogue ! J'étais aux anges, mais je ne voulais pas le montrer.

– Emmenez-moi quelque part par le chemin le plus long.

– Et par où est-ce ?

– Vous devriez le savoir. Vous êtes un pro, non ?

– Vous vous trompez. Je fais ce métier par pur snobisme.

– J'ai de l'argent.

– Combien ?

– Cinq mille pesetas.

Je les lui montrai.

– Avec ça, on peut aller dans plusieurs endroits...

– Emmenez-moi partout !

Je déteste être surprise, mais parfois l'imprévu aide quelqu'un à SE TROUVER. Dans quatre heures, je dois aller travailler. Mon prochain roman-photo s'appelle *Muscles de feu.* C'est l'histoire d'une sorcière qui, il y a de cela plusieurs siècles, châtiait les hommes qui ne voulaient pas coucher avec elle, en leur jetant de terribles malédictions. Elle a fini sur le bûcher, bien entendu. Aujourd'hui, ces choses n'arrivent plus ! Quand une FEMME veut quelque chose, il lui suffit d'un peu d'HABILETÉ pour l'obtenir. Il n'est rien de mieux qu'une femme VIBRANT de désir par tous les PORES de sa peau. Aucune force humaine ne peut lui résister : L'HOMME a besoin de se prouver qu'il peut provoquer, chez la femme, autre chose que de simples GÉMISSEMENTS. Certains pensent qu'ils sont mal élevés, mais en réalité ils ont un CŒUR d'or.

J'aurais pu continuer à parler INTELLIGEMMENT pendant plusieurs heures, mais il m'a coupée net. Avec trois petits mots :

– Nous sommes arrivés.

Je suis descendue du taxi. Je ne savais pas où on était. Il ne pleuvait plus. Il était presque cinq heures du matin. Il faisait froid.

– Qu'est-ce que c'est que ça ?

Mercamadrid : un centre de distribution qui approvisionne les supermarchés. On aurait dit un énorme garage, plein de débardeurs qui transportaient des caisses de poisson frais. Des hommes en salopettes bleues, criant comme dans un cauchemar. On aurait dit *BLADE RUNNER*. Obscurité. Pluie, interminable goutte-à-goutte. Et tous ces hommes qui allaient et venaient, sérieux, accomplissant d'étranges tâches. Moi qui suis avant tout une fille sensible, j'étais impressionnée. Seule la présence des fruits de mer égayait un peu toute cette tristesse : des fruits de mer qui semblaient presque vivants.

Nous sommes alors entrés dans un gigantesque BAR

où l'on servait un de ces tord-boyaux qui doivent en moins de deux vous trouer l'estomac. Le chauffeur de taxi commanda un café et moi un cuba libre. Je souhaitais que ce garçon (qui n'avait pas encore quarante ans mais qui semblait être aussi mûr que Sean Connery, la belle gueule en moins) m'expliquât quelque chose. Je m'habitue à tout à condition que l'on m'explique. Ainsi, je peux me faire ma propre opinion et rédiger ma chronique dans « *La Luna* » qui, au passage, me paie une misère.

– C'est jonglant, lui ai-je dit, ça ressemble à une cathédrale. Mais qu'est-ce qu'on fout ici ?

– J'avais envie d'un café. C'est un des rares endroits où on en sert à n'importe quelle heure.

– C'est toujours comme ça ?

– Quoi, c'est toujours comme ça ?

– Vous ne pensez qu'à vous ?

– Avant, je ne pensais qu'aux autres.

– Comment s'appelait-elle ?

– Elle avait plusieurs noms. Mais c'est de l'histoire ancienne.

En entendant cela, mon penchant sentimental a repris le dessus.

– J'aime les hommes comme toi. On peut se tutoyer... Vous êtes bien dans les livres, mais vous êtes trop travailleurs. Le peu que vous donnez, il faut vous l'arracher avec des tenailles.

– Je ne te conseille pas d'essayer.

– Laisse-moi décider seule, veux-tu, j'ai l'habitude.

– Il vaut mieux que tu rentres chez toi. Tu n'as qu'à me laisser ton adresse. Il est temps que tu dormes un peu.

– Je ne dors jamais.

– Moi non plus.

Il a disparu. J'ai cru qu'il était allé aux lavabos. J'allais le rejoindre, n'étant plus depuis longtemps ce qu'on appelle une « gentille fille » (on se confie plus facilement dans les toilettes et cet homme s'était tu trop longtemps), à l'instant même où il revenait, un paquet sous le bras : « On s'en va », qu'il me dit...

Alors que nous sortions, j'ai croisé un jeune garçon qui ne cessait de me regarder : sans doute m'avait-il reconnue. Je souhaitais vraiment qu'il me demande un autographe devant le chauffeur de taxi ; aussi lui ai-je lancé un regard plein de sympathie afin qu'il se décide. Mais ce crétin n'a rien fait et j'ai dû prendre les devants. Je me suis approchée de lui :

– Je m'appelle Patty Diphusa, je suis la star internationale du porno. J'aimerais que tu me donnes un autographe.

Le pauvre garçon n'en revenait pas. J'ai sorti un stylo et un papier de mon sac et les lui ai donnés.

– Fais-moi une gentille dédicace, lui ai-je demandé de mon air le plus charmeur.

Le garçon a pris ce que je lui tendais et a écrit quelques lignes :

« A Patty, avec admiration et respect. »

– J'habite rue Canillas, au 19, ai-je dit au chauffeur une fois dans le taxi.

Sur le chemin du retour nous n'avons rien dit. Nous écoutions la radio, nous regardions les baraques secouées par le vent d'hiver. Puis nous sommes arrivés à la maison.

– Je ne te demande pas de monter.

– Un autre jour si nous nous revoyons.

– Je sors beaucoup.

– Moi aussi.

– Bon. Je te dois combien pour la virée ?

– C’est gratuit. Je n’ai pas mis le compteur.

– Ah non ! il n’en est pas question !

– J’avais besoin de compagnie.

– Tu aurais pu en tirer plus de profit...

– Je sais. J’ai bien aimé l’épisode de l’autographe : tendre et divertissant. Avant, c’est comme ça que j’aimais les choses.

Je me suis décidée à sortir de la voiture, cet homme m’intriguait décidément trop.

– Tiens, je l’ai acheté pour toi, au marché, me dit-il en me tendant son paquet.

– Merci. MOI aussi j’ai passé un bon moment. Au début, ça me rend toujours un peu nerveuse les gens qui ne parlent pas, après ça finit par me plaire. Au revoir.

Je suis montée chez moi. Le jour allait bientôt se lever. J’ai ouvert le paquet sur la table du salon. Des langoustines ! Comment expliquer l’émotion qui s’est alors emparée de moi ? J’avais les larmes aux yeux. Je suis allée jusqu’à la fenêtre et l’ai ouverte malgré le froid. Le taxi tournait à l’angle de la rue, mais je pus voir sa main me faire un salut par la vitre ouverte.

Je ne m’étais pas trompée. Ce rude chauffeur de taxi, toujours sous l’emprise de son passé, cachait un cœur d’or.

Malgré le froid, un air de PRINTEMPS inonda ma salle à manger.

LE LANGAGE EST UNE CONVENTION
OU
LE FIANCÉ AMNÉSIQUE D'ANA CONDA

Comment un KILO DE LANGOUSTINES peut-il m'émouvoir autant que Meryl Streep dans le rôle d'une Turque ? Parfois, je suis surprise par MA PROPRE SENSIBILITÉ. Nous vivons à une époque TRÈS DIFFICILE, dans laquelle il n'y a pas de place pour la sensibilité. C'est dommage, de la sensibilité à la tristesse, il n'y a qu'un pas, et alors on se sent comme une vieille chaussette abandonnée dans la neige. J'étais prête à faire ce pas lorsque le téléphone a sonné.

– Oui ?

– Salut.

C'était la voix d'un jeune garçon. Je conserve toujours un souvenir de mes admirateurs (ce peut être un collier de faux brillants ou une invitation à Tallin par exemple, capitale de l'Estonie, à côté de la mer Baltique). La voix c'est ce que j'oublie en premier.

– Qui es-tu ? lui ai-je demandé.

– Eh bien...

La voix était hésitante.

– Écoute, tu as vu l'heure ? Je sais que c'est bête de poser une telle question quand on ne sait pas qui téléphone, mais j'avais besoin de dire quelque chose.

– Il est six heures du matin. C'est tout ce que je peux dire.

Malgré mes efforts je ne reconnaissais pas la voix. Plutôt, je n'avais pas envie de la reconnaître car, jusqu'à mon départ pour le studio, je n'avais rien à faire et cela m'amusait de continuer sur le registre de *La Voix humaine*.

– Je m'appelle Patty, la célèbre... tu sais ? Comment t'appelles-tu ?

– Je crois que j'ai perdu la mémoire. Je ne me souviens de rien.

– Écoute, je suis la FEMME LA PLUS POSITIVE À 100 % de la ville, malgré mon SUCCÈS, je n'ai rien perdu de ma SPONTANÉITÉ. Ce n'est pas la peine d'inventer des histoires insensées pour faire ma connaissance.

– Croyez-moi. Je suis angoissé. Je ne sais pas qui je suis, ni ce que je fais dans cette cabine.

Il avait l'air de parler sérieusement et cela m'a EXCITÉE.

– Parle-moi de ton corps. Comment es-tu ?

– Je ne sais pas.

– Regarde-toi dans les vitres de la cabine et décris-toi.

– J'ai l'air jeune. Vingt ou vingt-deux ans.

Il a commencé à se décrire, lentement, comme quelqu'un qui apprend à LIRE. Ou tout cela était vrai ou c'était le plus grand BARATINEUR du siècle.

– Tu es beau ?

– Oui.

– Grand ?

– Un mètre quatre-vingts, peut-être plus. Je suis mince, mais juste ce qu'il faut, du genre éphèbe. Je porte un jean.

– Pose ta main sur ta braguette et dis-moi ce que tu trouves.

– Tu peux l'imaginer.

– A cette heure mon IMAGINATION se confond avec mes DÉSIRS, et mes désirs n'ont plus le sens de la MESURE, sois plus concret.

– La nature a été très généreuse avec moi.

– J'ai horreur des euphémismes, mais je te fais confiance. Les yeux ?

– Clairs. Verts ou bleus.

– Ils éclairent ton regard d'une façon extraordinaire ? Ils t'hypnotisent lorsque tu les regardes dans la vitre, à tel point que tu ne peux t'en détacher ?

– Oui, c'est exactement ça.

– Avec ces yeux, j'aurais aimé que tu sois brun.

– Je suis brun.

– Fabuleux. MON adresse : 19, rue Canillas. Je t'attends. Si tu dois te souvenir de quelque chose, je t'AIDERAI.

Quand je l'ai vu à ma porte, j'ai TOUT COMPRIS. C'était le fiancé d'Ana Conda, l'horrible meuf qui me louait sa maison et qui depuis l'enfance essayait d'ENTRER EN COMPÉTITION AVEC MOI sur le plan de la Beauté et du Savoir. (Je ne veux pas parler d'elle bien qu'elle possède certaines vertus hypnotiques qu'elle n'utilise que lorsqu'elle veut séduire. Ana Conda n'a jamais su se vendre et MOI j'ai oublié ce que je voulais vous dire.) Ce garçon avait mon numéro de téléphone parce que avant, c'était celui d'Ana. Je ne l'ai vu qu'une fois avec elle, dans la rue. Je me souviens, j'avais commencé à faire des BONDS, à émettre certaines SONORITÉS étranges comme le font les Indiens qui dansent autour d'un TOTEM, pour montrer qu'il ne me laissait pas indifférente, mais Ana l'avait mal pris et était partie sans demander son reste. Depuis, je ne les avais jamais revus. Le loyer, je le paie par l'intermédiaire de la banque. Le garçon ressemblait à Mel Gibson en beaucoup plus GRAND, en mieux fourni et en plus SYMPATHIQUE. Ce n'est pas juste qu'une HARPIE comme Ana profite de ce trophée. Parfois, dans la VIE d'un SEXE SYMBOLE, il se passe des choses qui permettent de CROIRE que la JUSTICE existe.

– Entre, mon chéri. Je me faisais du souci pour toi. Je croyais que c'était une plaisanterie, mais je vois que TU NE PEUX PAS VIVRE SANS MOI. Oublie notre conversation. Nous ne nous séparerons plus. Je savais que j'étais LA PLUS IMPORTANTE dans ta vie, mais je ne pensais pas que TU PERDRAIS LA TÊTE si je te laissais. Ça n'arrivera plus. Nous allons fêter nos retrouvailles en BAISANT COMME DES BÊTES TOUTE LA NUIT. Aujourd'hui, j'ai essayé de t'oublier en faisant l'amour une dizaine de fois, mais la BAISE DE LA RÉCONCILIATION SUR L'OREILLER est toujours la meilleure.

Il est entré dans la maison. Je lui ai enlevé sa veste mais il voulait PARLER.

– J'étais dans la rue, j'avais l'impression de sortir d'un rêve. Je ne me souvenais de rien. J'ai cherché mes papiers et je n'ai trouvé que mon carnet d'adresses, le premier nom était le tien. C'est comme ça que j'ai appelé.

– Je regrette, mon amour. Je n'aurais jamais dû te dire d'ALLER TE FAIRE FOUTRE.

Avant qu'il ne continue à me raconter ses problèmes je me suis jetée sur ses lèvres. Le pauvre, s'il avait eu un DENTIER, ça aurait tout arraché. Il récupéra avec beaucoup de DIFFICULTÉS...

– Ana, avant, je voudrais que tu m'expliques.

– Je t'expliquerai tout. Je suis même prête à te donner

un cours d'anatomie, s'il le faut, dis-je en m'affalant sur un fauteuil, la MOULE ouverte.

– Ça, ça ne te dit rien ?

– Je voudrais que tu me dises ce qui s'est passé avant, me dit-il comme si de rien n'était !

– Ne casse pas l'ambiance !

– Raconte-moi, s'il te plaît.

– Bon, écoute, le processus démocratique espagnol est maintenant bien engagé. Ce qui veut dire que TOI et MOI on peut s'aimer LIBREMENT sans en avoir honte.

Malgré sa jeunesse, ce garçon paraissait disposé à chercher une explication à tout, quitte à ergoter des heures s'il le fallait. J'ai été contrainte de me jeter sur lui comme une possédée et de lui arracher son pantalon. L'amnésie ou je ne sais quoi d'autre l'empêchait visiblement d'entretenir avec LES ÊTRES une quelconque INTIMITÉ.

– Que fais-tu ? me demanda-t-il (plus aveugle tu meurs !).

– Je te rappelle que LA VIE EST DIGNE D'ÊTRE VÉCUE.

– Oui, mais qui suis-je ?

– UN JOUET DANS LES MAINS DU DESTIN. Et ton destin est le PLAISIR. En ces heures extraordinaires où les OMBRES disparaissent inondées par la LUMIÈRE d'un jour nouveau, il n'est rien de meilleur que LE CORPS D'UNE DÉESSE DU SEXE où déposer le peu d'énergie qu'il te reste. Moi, de toute façon, JE NE SUIS PAS FATIGUÉE.

Il m'a regardée, fasciné par l'INTENSITÉ DE MON MONOLOGUE et de ma BOUCHE qui le mordillait de l'ANUS jusqu'au cou, en passant sur chacune des vertèbres, comme si j'égrenais un rosaire.

– Moi non plus, je ne suis pas fatigué, mais je me sens inquiet.

– DES MOTS, lui dis-je, à deux doigts d'une crise de

danse de Saint-Guy. Ne gâche pas tes lèvres en paroles inutiles et mange-moi la chatte d'un coup, lui ai-je conseillé SAGEMENT. Ne sais-tu pas que LE LANGAGE EST UNE CONVENTION ? Si tu es toujours le même, sois heureux comme tu l'étais rien qu'en me regardant, après je te dirai qui tu es, ETC.

Il a dû finir par comprendre qu'en continuant à ne prêter aucune attention à mes conseils, il n'aurait pas la moindre INFORMATION. Je lui assurais donc que le meilleur moyen de SE CONNAÎTRE SOI-MÊME était de rendre à MON CORPS L'HOMMAGE qu'il méritait. Je finis par guider sa bouche vers trois points clés de mon anatomie que je ne veux pas révéler ici afin que le lecteur exerce un peu son sens de l'imagination. Enfin, il cessa de parler.

Je lui ai pris la QUEUE. Ce garçon devait avoir réellement quelques problèmes car son pénis restait INSENSIBLE À TANT DE BEAUTÉ. Je plaçai sa bouche de telle sorte qu'il ne perde pas de vue mon clitoris et transformai la MIENNE en un museau de tamanoir au fond duquel j'enfonçai sa queue qui disparut bientôt pour réapparaître quelques minutes après dans la plénitude reposante d'une splendide érection.

Tout ce travail et tous ces mots étaient enfin payés de leurs efforts. Certains jours, une fille aussi APPLIQUÉE QUE MOI peut trouver sur son chemin d'agréables COMPENSATIONS.

CETTE FOIS-CI,
JE NE ME FERAI PAS AVOIR

Ma VIEILLE amie, Addy Peuse, m'a appelée pour me proposer un rôle dans son premier film. Elle veut devenir réalisatrice. Permettez-moi de vous parler d'elle.

Addy est plus grosse que Betty Midler première mouture et que Mae West réunies, et elle pense posséder la même grâce qu'elles. L'Histoire Universelle regorge de tragédies ayant pour héroïne malheureuse l'obésité. Roseanne Burr est sur le point de divorcer parce qu'elle a grossi de près de vingt kilos en quelques jours ! Christina Onassis qui possède tout sauf un visage plastiquement acceptable est la femme la plus malheureuse du monde. Je me rends compte qu'Addy a vu des photos d'elles dans des revues mais, comme elle est stupide, elle est incapable de voir plus loin que le bout de son nez. Je lui reconnais, malgré tout, une grande qualité : elle sait admirablement bien se mentir à elle-même. Addy, qui est cocaïnomane, est tombée amoureuse d'un vêtement noir de Thierry Mugler et elle rêve de le porter le soir de la première de son film. Car, ce qui lui plairait avant tout, ce soir-là, c'est de briller. Aussi a-t-elle décidé de lâcher la coke pour pouvoir se payer son Thierry Mugler. Mais cela pose un problème : si elle arrête la coke, elle va se mettre à grossir et plus rien ne lui ira. Donc, elle est inquiète.

Elle a élaboré toute une théorie sur les problèmes de la direction de films.

– Tu sais, Pat, pourquoi il n'y a que deux metteurs en scène femmes en Espagne ?

– Non, dis-le-moi, toi, Addy Pussy.

– Parce que le cinéma d'ici est organisé de telle sorte qu'une réalisatrice n'a même pas cinq minutes pour prendre soin d'elle.

– Je ne savais pas que ton physique te préoccupait autant. Pourquoi ne t'es-tu pas suicidée avant de naître ?

– Ne sois pas chienne, Patty. Avec toutes les allées et venues pendant le tournage, la réalisatrice n'a même pas le temps de se raser les dessous de bras, et je ne parle pas du problème des fringues ! Tout doit être fait en quatrième vitesse ! Comme tu peux le comprendre, je ne suis pas prête à accepter ça. Ce sera très clair dans mon contrat : avant de maquiller l'actrice principale, il faudra d'abord me maquiller moi ; je suis le metteur en scène, après tout ! J'ai inclus dans le budget deux millions pour ma garde-robe personnelle. Je n'ai pas l'intention d'aller sur le tournage en pantalon et blouson. Je mettrai chaque jour un nouvel habit et qui tiendra compte de la scène à tourner.

Je déteste les photos où l'on voit les metteurs en scène mal coiffés et mal rasés. Ça ne m'étonne pas que le cinéma espagnol se vende mal à l'étranger !

Addy va aussi produire son film. Grâce à ses quelques économies, elle a monté une société de production. Elle a passé toute l'année 1984 à faire du trafic de coke !

Bien qu'Addy en ait à elle seule sniffé quelque cinq kilos, elle a réussi à épargner vingt millions. Elle a présenté son projet au ministère de la Culture et après s'être tapé la moitié du staff elle a pu obtenir une subvention de quinze millions. Cette première œuvre a été qualifiée d'« expérimentale ». Quoi que fasse Addy, ce sera toujours « expérimental ». Ainsi veut-elle lâcher la coke, non seulement pour pouvoir s'acheter le vêtement noir de Thierry Mugler, mais aussi pour épargner dix autres millions et commencer à tourner dans quelques mois, en participation.

Pauvre choute, elle a eu une vie si ridicule. Elle rêve tellement de devenir réalisatrice que je l'appuie à fond (pourquoi le cacher), et que, pour finir, C'EST MOI qui signerai le film. Et en définitive, ses efforts ne serviront qu'à faire MON film, sans qu'elle s'en rende compte. Mais il faudra auparavant que je change plusieurs choses. A commencer par le scénario. Si vous voulez, je vais vous le raconter rapidement.

Deux grandes puissances se partagent le monde : la Frankenstine et la Sucker. Les autres sociétés ne sont que leurs satellites. D'essence mystique, chaque puissance passe évidemment son temps à vouloir dominer et l'autre et le reste du monde. Les Frankenstines sont des femmes, lointaines descendantes d'une poussière, fruit des amours entre Frankenstein et une des sœurs du docteur Jekyll. Elles sont naines, amazones, lesbiennes et ont établi leur quartier général dans la forêt colombienne. Leurs ennemis, les Suckers (littéralement, les téteurs), sont tous grands, pâles, homosexuels et travaillent comme mannequins dans la publicité. Ils sont issus de l'union monstrueuse entre Dracula et une Poltergeist. Un jour, un haut dignitaire Sucker a une idée : les grandes histoires d'amour ont toujours réuni les peuples, mais le sien n'a pas besoin d'union donc il se servira de l'amour pour détruire ses adversaires. Un Sucker, le plus beau et le moins emplumé, doit séduire une Frankenstine et ainsi s'infiltrer dans le Q.G. des amazones. Durant la fête annuelle, célébrant le nom de la présidente, le Sucker-Sans-Plumes offrira à la naine un élixir fabriqué par un savant Sucker, qu'elle versera dans les verres de ses compagnes, en leur disant que c'est du « mescal ». Après l'avoir bu, les naines deviendront folles et commenceront à faire l'amour comme des malades. L'armée Sucker les surprendra en pleine orgie et avec elle, une ombre aussi pâle que ses soldats : la mort. Après le massacre, dominer le monde sera un jeu d'enfant.

Addy, qui est déjà mannequin, veut gagner beaucoup d'argent avec son film. Aussi a-t-elle écrit une fin heureuse. Un agent secret, on ne sait pas si c'est Flint, James Bond ou Miss Marple, passe par hasard ses vacances en Colombie et est au courant du plan perfide des Suckers. Il entre en contact avec le Sucker-Sans-Plumes et la naine. Tous deux tombent amoureux de l'agent secret qui ne tombe lui amoureux de personne. Le Sucker et la naine se suicident en oubliant complètement leur mission. L'équilibre des deux puissances et du monde continue comme avant.

Voilà, à quelques variantes près, l'histoire. Addy m'a proposé le rôle de la naine. Je comprends qu'Addy veuille utiliser mon nom, tout le monde sait que PATTY FAIT VENDRE, mais on sait aussi que je suis FIDÈLE à la SEMELLE COMPENSÉE et que je déteste les sandales (toutes les Frankenstines ont des sandales) et que, bien que je sois moins grande que Bibi Anderssen, je ne suis pas non plus Linda Hunt. Mais le plus important, c'est que PATTY A UNE TÊTE et une femme qui a une tête ne se donne pas sans poser au préalable ses conditions. Voici les miennes :

PREMIÈREMENT : je ne *me* suicide par Amour pour personne. Que ce soit Roger Moore, James Coburn ou Sean Connery, même si c'est celui qui me plaît le plus. C'est le contraire qui se passera, ce sera l'agent secret qui se suicidera après s'être envoyé en l'air avec moi.

DEUXIÈMEMENT : MOI-MÊME, aussi BONNE ACTRICE que je sois, je ne pourrai jamais jouer le rôle d'une naine. Je ne serai pas Frankenstine mais Sucker (ce n'est pas l'expérience qui me manque). Pour l'histoire, ce sera plus intéressant bien qu'il soit nécessaire de récrire le scénario (je m'en charge). Les Suckers sont tous des hommes, mais cette fois il y a une femme, MOI. Ainsi, personne ne se rendra compte que je serai choisie pour mener à bien toutes sortes de plans. On découvrira une très vieille prophétie dans laquelle il est dit que le jour où le peuple Sucker engendrera une femme, celle-ci, MOI en l'occurrence, vaincra tous les obstacles.

TROISIÈMEMENT : je ne pense pas être très très pâle, mais au contraire parfaitement bien maquillée par Beatriz Alvarez, dans des tons pastel et un style « roxy music ».

QUATRIÈMEMENT : pas de voyage en Colombie. Les scènes colombiennes peuvent être tournées à Alicante. On pourra y trouver quantité de naines superbes qui pourront faire office de figurantes et des armées de Suckers qui, bien que bronzés par la brise méditerranéenne, bien que maquillés par Alaska (la meilleure esthéticienne du monde), n'en restent pas moins aussi pâles que Caroline Herrera.

Addy Peuse a voulu que certaines scènes aient lieu en Colombie pour que chaque membre de l'équipe passe dans son estomac trois cents grammes de coke et ainsi augmenter le budget du film. Eh bien non ! Pas de cela avec moi ! Il est des lois que je tiens à respecter...

LA D.G.S. ME REND MOROSE

TOUT a été très pénible. En deux mots : le film ne se fait pas. Bien que nous vivions dans un pays libre, Addy Peuse est allée un peu trop loin. JE ne la critique pas, mais le système pénal espagnol est moins compréhensif que MOI. Je lui avais dit :

– Addy, sans MOI, tu es perdue.

Et c'est CE QUI EST ARRIVÉ.

Sa première erreur a été de rejeter ce que je lui avais suggéré : refaire le scénario. La seconde, de se passer de moi tout simplement parce qu'elle avait rencontré une vraie naine, assortie d'un héritage (c'est ce qu'elle affirme, je suis certaine que sa naine fait du trafic d'armes et de placentas). La naine soutenait qu'elle avait le cinéma dans le sang et qu'elle était prête à mettre du fric dans le film si on lui octroyait le rôle principal.

– Patty, tu es formidable, ne faisait que répéter Addy, mais une vraie naine avec du fric c'est une chance qui ne se reproduira pas. Je te donnerai un petit rôle dans mon deuxième film. Tu avais raison quand tu disais que tu ne pourrais pas faire la naine... qu'il fallait modifier le scénario, revoir le rôle du Sucker, enfin... tu as beaucoup de culot.

– Du culot, MOI ? Salope ! Non seulement je suis la

personne la plus TOLÉRANTE que tu connaisses, mais en plus la seule qui ait du TALENT. Sans MOI, tu es perdue, ma chère, malgré tout l'argent que possède la formidable naine.

J'ai HORREUR de me vanter de pouvoir prévoir les catastrophes, mais c'est pourtant ce qui est arrivé.

Addy est allée en Colombie pour faire du repérage, c'est ce qu'elle dit. A Barajas, ils l'ont coincée avec quelques kilos en trop. Pas de graisse justement. Maintenant elle est en prison, où elle écrit un autre scénario qui traite, sur le mode humoristique, de la cohabitation carcérale entre les terroristes catalans, les membres de l'ETA et les junkies. C'est bien d'elle ! Elle n'a pas de talent mais je dois reconnaître que parfois elle m'est sympathique.

– Je comprends qu'il s'est sans doute passé beaucoup de choses, monsieur le commissaire, mais c'est mon amie et je ne veux pas lui faire de tort.

Le pire, ce n'est pas qu'ils l'aient attrapée, mais que la police, sous prétexte de changer un peu de quartier, n'a pas arrêté de me chercher des poux dans la tête. Et bien que personne ne le croie, je fais partie des rares filles qui n'ont pas peur de la D.G.S.

– La seule chose que je puisse vous dire, c'est qu'elle est folle. Si elle faisait du trafic de cocaïne, c'est son problème, pas le mien. Je ne porte aucun jugement là-dessus et j'accepte mes amies telles qu'elles sont.

Mes généreuses déclarations ne l'ont pas fait pour autant sortir de prison. En vérité ça lui fait du bien. Elle a maigri et elle en est ravie.

En sortant du commissariat, je n'étais pas déprimée, mais pas loin. C'était un de ces matins moroses, où les gens marchent comme des zombies, sans âme et avec un journal sous le bras. J'ai mis mes fausses Ray Ban ; je n'aime pas qu'on me surprenne avec mon air triste. Je suis entrée dans un bar pour prendre un café. Un type s'est approché de moi. J'ai pensé : « Encore un qui m'a reconnue, comme toujours. » Parfois, je dois l'admettre, le « comme toujours » arrive, et c'est une consolation.

– Je t'offre un café, me dit-il d'un air un peu timide.

– Merci. Il me reste encore cinquante pesetas.

Je trouve toujours un peu humiliant que quelqu'un t'invite à prendre un café comme s'il invitait à prendre AUTRE CHOSE. Le café a quelque chose de très intime aussi ; en essayant de t'inviter à en prendre un, c'est comme si on entrait sans crier gare dans ton intimité. Et MOI, en sortant du commissariat, je ne me sentais pas vraiment dans mon assiette.

Le type ne savait pas comment me draguer. Il est devenu nerveux et me regardait sans savoir que dire. Il a chaussé ses lunettes noires et est allé aux lavabos. Rares sont les hommes qui savent se comporter avec les femmes qui la leur jouent comme dans les films des années quarante. Si Rita Hayworth ou Gloria Grahame étaient jeunes, elles auraient de sérieuses difficultés à entrer en contact avec les mecs d'aujourd'hui.

Un ennui épais planait sur le bar, comme un vautour, et MOI je me sentais de moins en moins bien. J'ai demandé un verre d'anis et des CHURROS pour tenter de combattre ce mauvais présage. Je regardais le serveur pour voir s'il allait se décoincer, mais il n'y avait rien à faire.

– Je suis la Patty.

– Quelle Patty ?

Je n'ai pas pu lui répondre. Ça peut paraître extravagant, mais il se trouve encore des gens qui ne lisent pas « *La Luna* ».

– Qu'est-ce qu'il y a, le jour est à peine levé que tu veux déjà te « remuer » ? m'a-t-il demandé avec insolence.

– Tu viens de perdre une belle occasion, mon gars, lui ai-je répondu. Quand tu seras vieux, tu pourras dire à tes petits-enfants qu'un jour tu as vu Patty Diphusa, là, de l'autre côté du bar, et que tu ne t'en étais même pas rendu compte. Tes petits-enfants ne te croiront pas.

Je suis allée aux lavabos et j'ai vomi tous mes churros. La visite à la police m'avait complètement décomposée. Décidément, je ne suis plus celle que j'étais ! Avant, toute gosse, je petit-déjeunais avec des cornichons au vinaigre, des Lion arrosés de moscatel, et ça ne me faisait rien.

C'était une matinée un peu particulière, je l'ai déjà dit, si spéciale que je suis allée dans les toilettes pour femmes, normalement je me trompe ! Bien que mon image publique soit franchement abjecte, il ne sied pas que les hommes voient vomir un sexe symbole dans leurs toilettes. A eux deux, le serveur et le policier, ils avaient failli me couler ! Mais c'est vrai, il est difficile pour une femme de VOMIR SEULE. Le type qui m'avait abordée au bar était là, à la porte des toilettes. Je ne le lui ai pas montré, mais j'avais presque envie de le remercier.

– On ne peut plus vomir seule ? lui ai-je lancé du ton le plus antipathique que mon plaisir personnel me permettait.

– Je t'attends dehors ? me demanda-t-il en tremblant.

– Non, reste là. Avec ces lunettes noires, je crois que tu n'as rien vu. Sois tranquille, avec moi, il n'y a que des avantages...

Je suis sortie des toilettes pour me laver la bouche et me remettre du rouge.

Nous nous sommes approchés du miroir du lavabo, et je l'ai observé discrètement.

– Ce sont de vraies Ray Ban ?

– Oui.

– Les miennes sont fausses, lui ai-je avoué.

– Si tu les veux, je te les offre.

Il les a enlevées et me les a tendues. Il avait les yeux humides. Afin qu'il ne doute pas de ma sensibilité et de ma reconnaissance, je me suis approchée de lui et je lui ai enfoncé ma langue jusqu'aux amygdales.

Après m'être retirée, j'ai constaté que le type avait les yeux encore plus brillants qu'avant.

– Tu as une poussière dans l'œil, la lumière te gêne, ou tu pleures ?

– Allons chez toi, là-bas je t'expliquerai tout.

J'aime les hommes qui ont les idées claires. Sur le chemin je lui ai raconté l'étrange histoire d'Addy Peuse, etc. Je le faisais surtout pour briser la glace. Mon mystérieux admirateur m'intéressait de plus en plus, mais je n'ai rien appris d'autre, si ce n'est qu'il s'appelait Juan Felix.

Nous avons directement gagné mon alcôve. Il ne faisait pas froid, mais j'ai allumé le chauffage, ça faisait une lumière rouge comme dans les boîtes de nuit.

– Quand j'étais dans le taxi, lui ai-je dit pendant qu'il se déshabillait, j'ai pensé que j'aurais aimé passer une nuit avec toi. Je crois qu'aujourd'hui, nous avons tous les deux besoin d'un peu de tendresse, mais nous allons baiser, nous ne ferons rien d'autre car je ne dors jamais. Malgré la tendresse dont j'ai tellement besoin.

Il ne pouvait rien me dire, il me DÉVORAIT. Quand les mains et la langue ne lui ont plus suffi, je l'ai vu prendre quelque chose sur le sol.

– Tu as perdu quelque chose ?

Avant qu'il ne m'ait répondu, j'ai senti quelque chose de très dur me pénétrer.

– C'est du cuir, n'est-ce pas ?

Timidement, il acquiesça.

– Ne t'en fais pas, ce n'est pas la première fois. Continue. Mais après, il faudra tout me dire.

– Oui, mon amour, me murmura-t-il, en pleine extase.

En effet, le moment venu, il m'a tout expliqué.

LA FILLE QUI RESSEMBLAIT À SPENCER TRACY

J'ai promis de vous raconter l'histoire de Juan Felix, le garçon au pénis de cuir que je me suis fait dans les pages précédentes en sortant du commissariat, mais je crois que ça ne m'emballe pas vraiment. Ceci a à voir avec mon enfance, et je n'aime pas me souvenir de cette époque. Ça provoque chez moi des émotions qui n'ont plus rien à voir avec LA LITTÉRATURE que JE FAIS aujourd'hui.

Quand il est allé dans la salle de bains après qu'il m'eut baisée, j'ai fouillé dans les poches de son pantalon et j'ai trouvé une photo qui représentait deux petites filles. L'une c'était Adela, une camarade d'école, et l'autre c'était moi. La photo avait été prise dans un patio et les deux amies se tenaient par la main. Comment cette photo était-elle arrivée entre ses mains ? Adela était devenue Juan Felix, je veux dire que peu de temps après l'école elle avait changé de sexe parce qu'elle était follement amoureuse de moi, et qu'elle savait que les mecs m'intéressaient plus que tout ! Ce genre d'histoires est idéal pour les feuilletons radiophoniques, mais moi il m'ennuie. Adela était super attachée – le genre d'attaches qui perturbent et tout –, et ne vivait que pour mon souvenir. Un plan suicidaire : comme elle espérait me voir à chaque coin de rue, elle était devenue funambule, elle travaillait dans un cirque et marchait sur un fil ! Elle finit par avouer que ça ne lui ferait rien de tomber un jour et d'en finir une bonne fois pour toutes. En fin de compte, une histoire très triste.

J'ai horreur de devenir l'objet d'une OBSESSION. C'est un abus. Les fans conspirent. Ils te modèlent selon leurs désirs. On peut être DIVINISSIME, on n'en est pas moins HUMAINE. Ça m'a toujours déconcertée que les gens t'intègrent comme ça à leur vie sans que tu t'en rendes compte. Je me suis débarrassée de JUAN FELIX comme j'ai pu. Ça n'a pas été un trop mauvais coup. Après avoir écouté sa confession je suis tout de même allée jusqu'à me poser les typiques questions des années soixante, du style : « Qu'est-ce que je fais ici ? » « Quel sens a tout cela ? » La nouvelle m'annonçant que mes romans-photos étaient interdits en Pologne, et donc étaient devenus des best-sellers au marché noir, ne m'a même pas remonté le moral. J'avais besoin de QUELQUE CHOSE. Je ne sais pas QUOI. D'argent, par exemple. Mes succès font que les gens pensent que je ne veux être qu'écrivain, et ils en oublient de me proposer des romans-photos cochons ! Je crois que je vais revenir au porno. Je l'ai trop délaissé et ce n'est pas bon pour un écrivain d'oublier ses origines. De plus, j'aimerais bien revoir le chauffeur de taxi, celui qui ressemblait à Robert Mitchum. Mais comment le retrouver ? J'adore le hasard mais parfois je le hais. Lorsque j'ai très envie de voir QUELQU'UN, je ne supporte pas de ne pas savoir où le racketter immédiatement. Vous allez trouver cela bourgeois, mais je m'en moque.

Je m'approche du téléphone. J'appelle le radio-taxi et demande un chauffeur : celui qui ressemble à Robert Mitchum.

– On en a plusieurs. Beaucoup de Jack Nicholson et

deux ou trois Richard Gere qui travaillent aussi pour nous.

– Écoute, ma belle. Arrête de déconner. Je suis Patty Diphusa et je fais partie de ce genre de femmes qui sait être vulgaire quand il le faut !

– Tu es Patty ? Non, ce n'est pas vrai ?

La voix avait changé et était devenue le balbutiement d'une timide fanatique.

– Je t'admire beaucoup, continua-t-elle d'une voix tremblante, j'ai une fille de cinq ans qui veut être comme toi.

– C'est un bel âge pour commencer. Écoute, je pense à quelque chose. Ça fait deux jours que je n'ai pas mangé. Pourquoi je ne viendrais pas à ton bureau ? On grignote un morceau et je te donne un autographe pour ta fille ?

– Vraiment ?

La fille n'en revenait pas.

J'ai pris une douche. Je me suis maquillée légèrement. Et une demi-heure plus tard, j'étais dans les bureaux de Radio-Taxi.

– C'est que je ne pourrai sortir que dans une heure, me dit Sonia – c'est comme ça qu'elle s'appelait – d'un air consterné.

– Voyons, où sont les Nicholson et les Richard Gere, qu'on s'amuse en attendant..., lui dis-je sur un ton qui voulait dire : ne t'en fais pas.

– Excuse-moi, mais parfois on me fait de telles plaisanteries que j'ai dû m'endurcir un peu. Maintenant, c'est difficile de faire marche arrière.

Elle faisait allusion aux taxis qui l'appelaient pour lui dire qu'ils étaient à tel ou tel endroit.

– Ton boulot va te rendre complètement cinglée.

– Non. Ce sont des mecs plutôt gentils et souvent très seuls.

– Ce ne sont pas les seuls ! J'ai connu un ministre qui lui aussi se trouvait très seul.

– Tu ne peux pas comparer. Un ministre a d'autres compensations. La vie d'un chauffeur de taxi est très dure et j'essaie de la leur rendre le plus supportable possible.

Sonia ressemblait à Spencer Tracy, mais avec le physique d'une Chus Lampreave jeune.

– Tu veux dire que parfois tu te les tapes pour qu'ils soient moins seuls ?

– Oui, mais en plus je leur fais la conversation, quand ils sont là-bas, perdus dans la nuit. Je parle avec plusieurs à la fois, c'est comme si nous faisions la fête par ondes interposées.

C'est certain, l'être humain survit quelles que soient les circonstances, j'imaginais Sonia soutenant plusieurs conversations à la radio tout en répondant aux appels des clients. Travailler dans le porno était moins stressant, même lorsque le partenaire ne bandait pas.

– Si on se faisait un gueuleton ? lui dis-je. Tu as envie de manger japonais ? c'est la mode chez les pseudo-intellectuels.

Sonia continuait de ne pas y croire.

J'ai téléphoné à ces gens qui servent de tout à n'importe quelle heure et ai demandé en plus du tabac, des revues et du vin. Après une telle exhibition de mon pouvoir, la bouche pleine de poisson cru et de riz, j'ai attaqué sur le sujet qui avait fait de moi un ange visitant des taudis que Chester Himes n'ose même pas décrire dans ses romans...

– Sonia chérie, tout ceci est une nouvelle expérience pour moi, mais quand je t'ai parlé du sosie de Robert

Mitchum, je ne plaisantais pas. Je crois que je l'ai dans la peau, ce chauffeur de taxi.

– Tu penses à Lucio ?

– Il ne m'a jamais dit son nom.

– C'est vrai, il parle peu. Il a eu une grande déception dans sa vie, tu sais.

– Oui, mais tous ceux qui ont des déceptions ne ressemblent pas au héros de *La Griffe du passé*.

– C'est à cause d'une nana. Une de ces blondes à la taille fine, sans un brin de graisse, et bourrée de fric. Ces femmes ne sont pas pour lui, Lucio est très fragile. Mais la fille voulait quitter un patron d'industrie pour lui et ça lui a monté à la tête. Tu sais, une de ces femmes qui sont aussi à l'aise à un goûter chez le roi que dans le taudis le plus sordide. Ce que les « hommes » appellent une « femme fascinante ».

– Je connais ce genre de « femelle ».

– Lucio n'a été qu'un intermède entre un patron et un autre patron. Il est très sensible...

– Je m'en suis rendu compte. Un soir où il pleuvait, il m'a emmenée au Mercamadrid et m'a offert un kilo de langoustines. Et avec une façon de marcher... Je n'arrive pas à l'oublier.

Sans me demander mon avis (intelligente la fille !), Sonia a appelé un taxi...

– Lucio, où es-tu ?

Une voix déformée par l'appareil, mais que mon clitoris reconnut immédiatement, répondit.

– Je suis à San Blas. Je viens de laisser mon client. Il y a quelque chose à prendre sur le chemin ?

– Oui, quelque chose de très intéressant. Je l'ai ici, avec moi. Devine ?

– Ta fille ? Tu es une mère indigne, Sony. Tu devrais dire à ta fille que je ne lui conviens pas.

– Je te la passe, mais attention de ne pas écraser quelqu'un sous le coup de l'émotion.

Sonia en avait fini avec son introduction. Elle m'a alors donné cette espèce de gros micro que j'avais déjà vu utiliser par les chauffeurs de taxis. Je l'ai presque mangé d'énervement.

– Salut Lucio, c'est Patty.

– Comment connais-tu mon prénom ?

Pendant quelques secondes, le mec est devenu muet.

– A Madrid tout se sait. Tu n'as rien à me dire ?

– Je travaille. Que veux-tu que je te dise ?

– Que la surprise te fait plaisir.

– Ça me fait plaisir, je ne m'y attendais pas. Tu as un problème ?

– Oui, répondis-je.

– Attends-moi, j'arrive.

Dans ma courte et intense vie, mon cœur n'a battu que trois cents fois d'émotion. Celle-ci en était une [1].

1. Almodóvar laissa passer plusieurs mois sans envoyer sa chronique à « *La Luna* ». Quand il se remit au travail, il oublia où il l'avait laissée. Nous ne pourrons donc jamais savoir ce qu'il advint lors de la seconde rencontre entre Patty Diphusa et le chauffeur de taxi. (*N.d.E.*)

JE SUIS DE RETOUR

C'est arrivé au cours d'une de ces nuits durant lesquelles on se défonce comme au bon vieux temps, à coups d'alcool et de coke.

Je n'ai rien écrit ces derniers mois car, comme je l'ai clairement expliqué, je hais cette ville où chacun guette le moindre de mes PROPOS pour le mettre dans l'heure qui suit à la mode. D'autre part, tous les hommes avec lesquels j'avais baisé ne me lâchaient plus d'un poil, ce qui est normal mais finit par peser. Ces derniers mois, je le répète, MA VIE ressemblait à une clinique de désintoxication. J'ai passé mes nuits à leur démontrer, à tous ces mecs, que j'étais un monstre et que je ne méritais pas leur amour. Mais rompre n'est pas une chose facile, cela prend parfois beaucoup plus de temps que prévu et de toute façon ce sont des choses qui ne méritent pas d'être racontées. Je déteste les épilogues. Je n'aime pas les vivre et encore moins les écrire. C'est pour ça que je suis restée muette. Pour cela et aussi pour voir quelles nouvelles défaites subirait cette ville maudite enfin dégagée de mon emprise. J'ai découvert alors qu'il NE S'ÉTAIT RIEN PASSÉ, aussi ai-je décidé de revenir, car, comme des gens intelligents l'ont dit : à Madrid il n'existe qu'une seule personne INTÉRESSANTE, PATTY DIPHUSA.

Comme j'ai essayé de vous le faire comprendre, une nuit je suis revenue sur les vieux chemins de ma perdition. La sobriété est une bonne chose si l'on sait y mettre fin, surtout si ce petit détour a lieu en compagnie d'une des vieilles stars millionnaires du rock.

Le traducteur anglais de mes Mémoires est arrivé à Madrid. Il semble qu'aux États-Unis, la pornographie « sans esprit » soit à la mode et il a eu l'idée géniale de traduire mon œuvre pour une série télévisée dont l'actrice principale sera sans doute Morgan Fairchild.

– Pourquoi cette fille de pute et pas MOI ? lui ai-je demandé.

– Tu es trop pétillante, trop brillante, personne ne te supporterait à Hollywood ! m'a-t-il expliqué.

– OK, je me contenterai d'empocher mes droits d'auteur.

En effet, je couvrirai mes récits d'une patine de grossièretés, et je les offrirai à ce garçon parce que je l'aime bien. Lui aussi a beaucoup vécu. Quand il est entré dans la maison, il s'appuyait sur une canne. L'accident de son avion particulier qui s'est écrasé dans le désert libyen lui a laissé des séquelles aux genoux qui l'empêchent de marcher comme John Wayne. Il est complètement frappé. Quand tu le vois tu ne sais pas s'il va te foutre la canne dans le CON ou s'il va te donner un COUP sur la tête, tout cela est très sexy, mais tout de même ! Il m'a expliqué que la canne, c'était très pratique. J'imagine la tête d'Antonio Gala se mettant à fantasmer sur les possibilités qu'offre une simple canne... Mon ami s'en sert pour cacher la cocaïne aux yeux des douaniers. A peine installé dans mon salon, alors que je lui demandais ce qu'il avait fait ces derniers temps, « excepté tes merdes pour les grands studios de la télévision américaine », il démonta sa canne et traça des lignes de coke sur la table basse laquée noire, comme Al Pacino dans *Scarface*. Nous les avons sniffées ensemble, en toute simplicité.

– Tu continues de fréquenter les types les plus vulgaires de la ville ? me demanda-t-il.

– Oui, oui. Je me suis spécialisée dans tout ce qui est louche, ai-je répondu.

– Du moment qu'ils ont une bonne bite !

– De ce point de vue-là, la nouvelle génération nous en apprend tous les jours ! Mais le risque c'est de tomber amoureuse... Les garçons d'aujourd'hui ont trouvé le moyen de mélanger le vice et les sentiments. Sociologiquement parlant, c'est une nouveauté plutôt curieuse.

– Je m'en vais dans deux jours, il n'y a pas de danger.

– Laisse-moi cinq minutes que je me fasse à cette idée et après on booste.

Pendant que je prenais ma douche et que je me maquillais, il a mis *So many men, so little time*, de Mikel Brown. Rien de tel que le disco pour te mettre en forme avant de sortir.

Nous sommes allés au MAC, un de ces antres très show-off où on trouve des gens aussi beaux que paumés. Le disc-jockey savait que les péquins qui étaient là n'avaient rien à se dire aussi mettait-il la musique très fort, si fort que c'en était une torture, même pour la vue.

Je lui ai demandé de baisser le son et j'ai crié du bar : « Les mecs, il y a de la coke pour un wagon entier ! »

Jusqu'alors le bar ressemblait à un remake de *La Nuit des morts vivants*, mais il a suffi qu'ils m'entendent hurler pour que tous ces corps se mettent à bouger. En moins d'une seconde nous nous sommes retrouvés encerclés par une foule de garçons et de filles qui avaient envie que quelque chose arrive.

– Tu n'as plus qu'à choisir, ai-je dit à mon ami américain.

Utilisant sa canne comme une baguette magique, il toucha les élus. Puis nous sommes tous allés aux toilettes. Ça prenait enfin une allure de fête ! Il laissa sur le comptoir un petit tas de poudre blanche pour que les autres ne dépriment pas. Les Américains sont comme ça.

Pendant que mon ami me démontrait que l'expérience t'apprend à aller droit au but sans ennuyer les concurrents, je n'ai pas arrêté de parler. Nous étions tous très excités. Je ne cessais d'expliquer les raisons de ma retraite et souriais en pensant que tous ces gens voulaient que je revienne sur le devant de la scène. Ce qui est bien avec la coke, c'est que, rien qu'en parlant, tu t'amuses. J'aurais pu me faire n'importe lequel de ceux qui étaient là, mais je préférais parler et regarder. Je ne voulais pas me presser. La nuit venait de commencer et je n'avais pas envie de brûler toutes mes cartouches. Il y avait un type au visage d'enfant qui ne cessait de m'inviter des yeux pour que je me joigne au groupe dans lequel il se vautrait. Je lui ai souri une première fois et mon sourire voulait dire « patience, c'est MOI qui prends l'initiative et si je décide de me perdre, tu seras le port dans lequel je viendrai me réfugier ». Depuis quelque temps, je suis comme ça, « littéraire » jusque dans le regard.

L'épisode des toilettes était un bon préambule. Rien que pour ça, mon ami trouva que son voyage à Madrid valait le déplacement.

Ensuite nous avons quitté ce lieu et sommes allés au *Bon Garçon*. Notre groupe, sous l'impulsion de l'éphèbe, s'était réduit à quatre : mon ami, deux autres garçons et MOI. Il habitait dans une vieille maison bourgeoise avec sa mère qui était actuellement en voyage, et le jeune homme était bien décidé à ce que cette nuit ne ressemble en rien à celles qu'il passait en famille.

Je crois que nous avons été tous les quatre « assez généreux ». Nous présentions une variété suffisante, un ensemble assez éclectique de vices afin d'en tirer une combinaison des plus complexes. En bref, j'ai passé un bon moment et mon ami américain aussi, et en fin de compte, c'est ce qui importe.

Le lendemain, je suis allée à la rédaction de « *La Luna* » afin que mon ami achète les droits de mes écrits biographiques. Mais je me suis montrée assez faible et ai accepté de nouveau d'écrire pour « la revue la plus prétentieuse de tous les temps », comme je l'ai dit tout net à son directeur. Nous étions empêtrés dans toutes ces discussions lorsqu'un coursier, porteur d'une lettre pour MOI, est arrivé.

Madrid est une ville dans laquelle tu ne peux sortir de chez toi sans que tout le monde soit au courant de tes allées et venues. J'ai ouvert la lettre. Le type qui l'avait signée ne connaissait pas mon adresse et l'avait tout simplement adressée à « *La Luna* » : c'était le garçon qui nous avait offert l'hospitalité la nuit dernière. Comme il est très jeune, il avait décidé de me dire les choses de façon poétique. Je suis TOLÉRANTE, ce n'est donc pas moi qui allais lui en tenir rigueur...

A dix-neuf ans, la prose ne semble pas être le meilleur moyen pour parler de soi. Le poème disait : « Il est huit heures du matin et tu viens de partir avec les trois types que nous avons échangés toute la nuit durant. J'aimais les embrasser, mais en les embrassant je pensais surtout à toi. J'ai enduit mon nez, irrité par la cocaïne, de crème. A présent, j'écoute *Ne me quitte pas* et j'ai enfilé une chemise pour dormir.

« Mais je n'ai pas sommeil. J'ai ramassé les paquets de cigarettes vides, et je me suis souvenu de toi, sans douleur et sans drame. Ai-je mûri ou est-ce plutôt que tu ne m'intéresses pas assez ? Peu importe, il est huit heures. La fête est finie. Je t'écris une lettre, tapée à la machine, et je ne sais pas où te l'envoyer. Ci-joint mon fax, au cas où. »

J'aurais préféré une lettre moins aseptisée, mais ce n'est déjà pas si mal. Je suis tellement habituée à la grossièreté... Lorsque quelqu'un est distant et délicat, ça m'émeut toujours un peu. Je l'appellerai probablement. Vous croyez que c'est une erreur ?

UN ÉPISODE BOURGEOIS

Je l'ai appelé. A la fin du chapitre précédent je n'étais pas certaine de le faire, mais il y a toujours cinq minutes pendant lesquelles rien ne te vient à l'esprit, c'est généralement le moment que choisissent les gens (comme MOI) pour prendre des décisions : les pires ou les meilleures.

Je lui ai téléphoné, je veux dire au « garçon qui était bien », celui qui fait de la poésie aseptisée. Il a commencé par venir chez moi assez souvent. Il me baisait, bien sûr, mais il répondait aussi au téléphone et tapait mes histoires à la machine ; vous savez, avec certains hommes, baiser ne suffit pas. On dirait un roman de Françoise Sagan...

MA VIE n'est pas aussi simple qu'il y paraît. Je passe mes journées à signer des pétitions contre et pour l'OTAN. Lorsqu'il s'agit de telles questions, complexes, je dois me montrer très « équilibrée ». Lors des remises dc prix, je me gave de tripes à la madrilène. Je vais dans tous les quartiers pour participer à des conférences sur la prolifération de la drogue dans les classes moyennes. Comme je suis impartiale, on m'a choisie comme interlocutrice privilégiée entre l'épiscopat et le gouvernement. Les évêques sont hostiles aux agissements de la classe dirigeante, et comme je n'aime pas les évêques, je fais tout pour mettre le bordel. Je suis aussi en contact intime avec l'ETA, qui va d'ailleurs peut-être se réconcilier avec le ministère de l'Intérieur. Enfin, j'ai de nombreuses obligations sociales. JE suis TOUT D'UN BLOC et lorsque JE M'ENGAGE, je le fais en pleine connaissance de cause. Je sais qu'en revenant, je redeviens une FEMME PUBLIQUE et je sais aussi qu'une femme publique a ses limites : c'est un être humain qui a besoin de quelqu'un pour répondre au téléphone. Mon problème c'est le TEMPS (maintenant que je suis célèbre, je comprends que des gens comme Borges se soient intéressés au temps). Si je dis OUI à mon public, c'est-à-dire aux évêques, au gouvernement, à l'ETA, aux coordinateurs des quartiers, aux espions, etc., si j'accepte d'essayer de trouver des solutions aux multiples maux de ce maudit pays, je sais que je devrai coucher avec la moitié de ses habitants. L'heure de la vérité venue, tous ces dignitaires se découvrent tous un cœur et une queue et, entre deux négociations, parce qu'ils se trouvent en face d'une fille COMME MOI, ils pensent qu'il y a toujours un téton à palper, un COUP RAPIDE à tirer quand on passe d'un bureau à un autre, enfin toutes ces choses fort intéressantes mais qui font perdre un TEMPS FOU.

... Et parfois je dois appeler le plombier ou aller à la banque, régler le thermostat des radiateurs, dire non aux radios qui veulent que je parle du post-modernisme (maudite soit l'heure à laquelle ceux de « *La Luna* » ont inventé ce mot), présenter mes premiers romans-photos réédités en Algérie ou assister à l'exposition de tous mes travaux à la MOMA de New York, parce que je suis le mannequin porno en vogue. Je dois aussi répondre aux Brésiliens pour leur dire si je peux oui ou non aller lire le discours d'ouverture du carnaval. Je dois répondre à tous ceux qui m'insultent, à tous ces inconnus avec lesquels j'entretiens une intense correspondance (ils menacent de me tuer : ce qui prouve que je leur plais), etc., et JE NE PEUX PAS TOUT FAIRE. J'ai besoin d'un secrétaire et tu pourrais assumer cette tâche puisque tu m'aimes et que TU M'AS DANS LA PEAU.

– Oui, mais je suis un poète.

– Avant d'être reconnu, un poète doit subir quelques épreuves et celle-ci n'est pas la pire...

C'est une chance que je sois aussi éloquente car il est difficile de convaincre les hommes de t'aider, qu'ils soient ou non amoureux.

C'est ainsi que le « gentil garçon » est devenu mon amant, mon secrétaire et mon dactylo. Je sais que je n'ai pas l'air d'être très amoureuse ; mais il n'est guère moral d'éprouver une quelconque passion pour son fiancé-secrétaire. De plus, pourquoi le cacher : je le méprise. Quand j'aurai expliqué pourquoi, vous me donnerez raison.

Le « gentil garçon » s'appelait Pepon et il rechignait à se rendre utile. Selon lui, je lui pompais toutes ses forces et sa mère commençait à en prendre ombrage.

– Nous irons lui parler et elle comprendra que JE SUIS ESSENTIELLE à ta formation.

– Elle ne le comprendra pas !

– C'est ce que nous verrons.

Bien qu'ils aient une peau superbe et ne s'habillent que dans des costumes impeccablement coupés, ces « gentils garçons » sont extrêmement malléables. Aussi n'a-t-il pas su me dire non.

Il m'a emmenée chez lui et m'a présentée à sa mère.

La dame n'avait pas mauvais genre. Elle semblait avoir lu bon nombre d'essais et n'avait sans doute pas eu besoin d'assumer une vie particulièrement stressante.

Très respectable et tout, avec un air si classe... Je l'aurais bien vue en ministre de quelque chose. Mais dès qu'elle ouvrit la bouche, je compris qu'elle était complètement flippée (pourtant elle ne semblait pas appartenir à l'OPUS DEI).

– J'ai toujours été libérale, m'avoua-t-elle. Vous savez, je ne vois aucun inconvénient à ce que mon fils s'amuse. Je pense que c'est sain, tant du point de vue physiologique que psychique, et je ne trouve pas ça inconvenant, qu'il le fasse de façon peu conventionnelle.

– ON gagne beaucoup de TEMPS. Dès ma plus tendre enfance, je me suis rendu compte que peu de choses étaient aussi importantes que le PLAISIR, lui ai-je répondu.

– Et pourtant vous n'êtes pas une poétesse ! Pour les poètes le vice est plus important que pour les autres.

– Pas besoin d'être poète pour S'AMUSER, au contraire, les poètes n'ont guère d'imagination, même quand ils sont soûls.

Durant tout ce temps, Pepon, qui était sur des charbons ardents, n'avait rien dit.

– Je ne sais pas pourquoi tu avais peur de me présenter à ta mère, elle est super, lui ai-je dit pour le faire participer à la conversation.

– Si vous connaissiez mes amis, vous seriez effrayée de voir à quel point je suis tolérante, ce qui ne veut pas dire que je ne m'en fais pas pour mon fils, je n'en ai pas d'autres...

– Tu es encore en âge de prendre du bon temps. Peut-être devras-tu payer, mais ce n'est pas un problème...

Je pensais lui donner le téléphone d'un ami influent, mais la mère et le fils me regardèrent avec les yeux de Superman quand ils lancent des flammes. Je pris donc le parti de sourire et bus un autre verre d'anis.

– Tout aussi libérale que je sois, il y a des choses qui ne m'intéressent pas, me dit-elle, à deux doigts de m'insulter. M'occuper de mon fils me suffit. Mais il est clair que vous ne pouvez pas comprendre ça. Je ne vois pas comment un travesti ferait pour avoir des enfants !

Je pensais ne pas avoir bien compris.

– Pardon ?

– Oui, ne soyez pas étonnée, la science n'a pas encore fait de tels progrès, ma chère.

Elle sourit : le retard de la science l'enchantait...

– Madame, si je n'avais pas pris mes précautions, avec tous les hommes qui me sont passés dessus, j'aurais une marmaille impressionnante !

– Vous ne m'avez pas bien comprise, ma chère. Je vous redis que je suis très libérale. Je ne suis pas choquée que vous soyez un travesti, je trouve même ça amusant.

Si elle continue à me traiter de travesti, pensai-je, elle va avaler ses petits fours sans les mâcher ! Des centaines d'hommes se sont perdus entre mes cuisses ! Son fils, entre autres !

Comme le disait Mae West : « Je suis gentille, je peux être très gentille, mais je peux être encore plus méchante. »

La dame a dû comprendre quelque chose, elle est restée muette et s'est tournée vers son fils, en le suppliant du regard de venir l'aider.

– Tu as quelque chose à dire à ce sujet ? lui ordonna-t-elle.

– Je t'avais pourtant dit que Patty n'aimerait pas parler de ça, rétorqua Pepon d'une voix tranchante.

Je me suis levée et je lui ai donné une gifle.

– Ne t'endors pas ! Je t'ai pris comme secrétaire pour t'humilier doucement, mais tu ne le mérites même pas.

La mère a réagi, s'est levée et m'a giflée à son tour.

– Je ne permets à personne de toucher à mon fils en ma présence.

– Madame, je comprends que dans certains pays les paysans coupent la tête à des gens de votre espèce.

En certaines occasions, je sais faire preuve d'une grande conscience sociale. Je ne voulais pas rester une minute de plus dans cette maison. Aussi, j'ai pris mon sac, ai lâché un beau pet, et suis partie.

Pepon me rattrapa alors que j'étais déjà dans la rue.

– Je regrette, Patty. Je vais t'expliquer.

– Fous-moi la paix, lui ai-je dit en lui donnant une autre gifle.

– Depuis la mort de mon père, il y a huit ans, ma mère ne va pas très bien. Je suis devenu une de ses obsessions parce que je ressemble à mon père. Elle est amoureuse de moi. Ça ne la gêne pas que je couche avec des hommes, elle dit que c'est différent. En quelque sorte, ils ne peuvent pas rivaliser avec elle. Mais elle ne supporte pas que je fasse l'amour avec des femmes. Elle veut être la seule femelle de ma vie. Alors tu comprends, quand je dis que je vais avec des femmes, et c'est ce qui me plaît, je dois lui mentir. C'est pour ça que je lui ai dit que tu étais un travesti.

– Pepon chéri, je suis une fille très simple et tout cela me dégoûte.

– Je souffre beaucoup, Pat. Tu sais que je suis un poète. Ne pars pas ainsi.

– Pour être un poète il faut autre chose qu'un vampire autoritaire comme ta mère ! N'essaie pas de me revoir !

Un taxi s'approchait dans le lointain. Je lui ai fait signe de s'arrêter et suis montée dedans. Bien que je me sois bien défoulée sur la mère et sur le fils, j'étais FURIEUSE. Chose inhabituelle chez moi, je ne faisais même pas attention au chauffeur. D'un ton sec, je lui ai indiqué le chemin. Il a aussitôt augmenté le volume de la radio. Harry Belafonte chantait un chant de Noël, *Mary's Boy Child*, à la douceur presque cruelle. Sans que je sache pourquoi une larme a coulé sur ma joue, discrètement, presque honteuse, je l'ai essuyée de la main. Le chauffeur a parlé :

– La Patty que j'ai connue ne pleurait pas.

Je suis restée pétrifiée devant une telle audace.

– Je croyais qu'un taxi ressemblait à une église, un lieu tranquille et intime, mais je vois que je me suis trompée, ai-je grogné sans trop y croire.

Le chauffeur a alors fredonné la chanson en accompagnant Harry Belafonte. Ils semblaient être nés pour chanter en duo, c'était trop. Certaines voix d'hommes me donnent l'impression d'être aussi seules qu'une vieille chaussette.

J'écris au mois de février. Je ne me suis même pas rendu compte : il y a un peu plus d'un mois c'était Noël. Cette chanson faisait sans doute resurgir les sensations que j'avais éprouvées pendant tous ces Noëls que j'avais fuis.

Heureusement, la chanson prit fin. Alors que je faisais appel à mon sentimentalisme inespéré, le chauffeur s'est remis à parler.

– Vous ne vous souvenez pas de moi ?

Pour la première fois, je fis attention à lui : bien sûr que je m'en souvenais !

– C'est toi qui au printemps dernier m'as emmenée à Mercamadrid et m'as offert un kilo de langoustines.

S'il y avait une personne au monde que je voulais revoir, c'était bien cet homme.

– Exact.

– Tu ne sais pas combien j'étais émue. J'ai ouvert la fenêtre pour te remercier, mais tu étais déjà parti, le printemps a alors inondé ma salle à manger.

– Je l'ai lu. La façon dont tu l'as raconté m'a ému moi aussi.

– En ce temps-là, tu ne parlais pas beaucoup. Que s'est-il passé pour que tu deviennes aussi loquace ?

– Rien. J'ai survécu.

Cet homme avait plus que jamais les gestes de Robert Mitchum dans *La Griffe du passé*. Après mon frustrant épisode bourgeois, ce fut très agréable d'être déposée à la porte de son appartement. Devinant que je le désirais mais que j'étais trop faible pour le lui demander, il m'a prise par la main et m'a emmenée jusqu'au lit. Puis il a retiré mes chaussures et s'est assis à côté de moi sur le rebord du lit. En silence, petit à petit, mon angoisse s'est dissipée comme lorsqu'on nettoie un sol sale avec une serpillière. Je pensai : « Une nouvelle vie s'ouvre devant toi. » Il est triste que cette nouvelle vie n'ait duré que cinq heures. Après, le chauffeur de taxi est parti, me laissant face à moi-même et à mes aveux.

J'ai compris que je suis, par nature, une femme seule et compliquée. Ma vie, comme mes récits, est très organisée mais elle manque de nœuds qui la ficellent et d'un bon dénouement. J'aurais aimé trouver chez le chauffeur de taxi un nouvel horizon, quelque chose qui eût justifié le changement qui m'envahissait déjà de façon inexorable. Mais il n'en a pas été ainsi.

Il faudra que je cherche ailleurs.

Je suis atterrée, j'ai l'impression d'être soudain très vieille !

PATTY, LE MYTHE

Avant de partir, je veux faire mon testament critique pour que personne ne pense que je suis malade ou que je me suis mariée.

AU REVOIR.

Maintenant plus rien ne m'amuse et encore moins quand le DIVERTISSEMENT c'est LA MODE. La GLOIRE t'oblige à te répéter. Si tu es une fille drôle, on attend de toi que tu le sois toujours. Si tu avoues être excitable, on suppose que tu es toujours HUMIDE. Si tu es spontanée, les gens souhaitent que tu sois mal élevée. Si tu as eu L'IDÉE SAUGRENUE D'ÉCRIRE TES MÉMOIRES sans autre prétention que de démontrer que tu possèdes toi aussi une machine à écrire et que ces Mémoires sont joyeux, effrontés, frivoles, spirituels, etc., et que tu oses mettre à la mode la joie, l'effronterie, la frivolité et l'esprit, on te le reprochera toute ta vie. Je déteste la bande de lecteurs ineptes qui s'identifient à moi et qui chantent systématiquement mes louanges.

Quand je fais quelque chose, je le fais pour être UNIQUE. Je ne veux pas que quelqu'un me comprenne et encore moins qu'il m'imite. Il n'y a rien de plus désespérant que d'entendre l'écho de ses propres paroles. Ça finit par être répugnant de sortir le soir et d'entendre ce ramassis de lèche-bottes te dire des larmes dans la voix que SANS PATTY, *LA LUNA* N'EXISTERAIT PAS, qu'ils se sentent comme toi et qu'après GENOVEVA DE BRAVANTE, il n'y a pas dans toute la littérature espagnole de personnage plus fort que MOI ! Récemment, un journal madrilène lança une enquête qui demandait à je ne sais combien d'intellectuels et de gens du monde de la « soupe littéraire » de choisir les romans les plus importants écrits en castillan depuis cent ans : ils ont TOUS placé mes Mémoires devant *Cent ans de solitude*. Mais pour qui me prennent-ils ? Pour une romancière. Eh bien, ils se sont trompés ou alors personne n'a remarqué que je ne dors jamais et qu'il faut bien que j'occupe mon temps à quelque chose.

Qui suis-je, MOI, pour imposer le mauvais goût et la grossièreté ? Dieu m'a punie, c'est sûr ! Observer mon reflet chez les autres n'a fait qu'augmenter le mépris que j'avais de MOI-MÊME. Et ça ne me plaît pas. Pourquoi suis-je devenue un MYTHE ? Ma seule ambition était de gagner beaucoup d'argent et d'être heureuse. Pour avoir simplement raconté mes Mémoires avec un incroyable bonheur et beaucoup d'intelligence, je me suis retrouvée modèle que l'on imite, alors que c'est le contraire qui aurait dû arriver ! Que se passe-t-il en Espagne ? Comment une vieille RATE comme MOI peut-elle finir par être aussi respectée que la reine Sophie et presque aussi admirée qu'elle ? Mon pouvoir de FASCINATION, mon talent, ma sensibilité, ma fragilité quand je parle de la queue, de la drogue, etc., rien de tout cela ne justifiait un tel délire.

Jusqu'à aujourd'hui, l'Espagne était le royaume de la MÉDIOCRITÉ. Mon accession à la notoriété a permis de mettre sur le devant de la scène des valeurs qui, quelques mois avant, étaient encore mises au pilon, je veux parler du talent, du charme naturel, de la spontanéité, de la désinvolture. Pourquoi ne pas appeler les choses par leur nom et le faire intelligemment ? C'est évident, la situation a changé, mais je ne veux pas être responsable de ce bouleversement, et encore moins en vivre. Jusqu'à présent, j'ai vécu de la prostitution et je me suis passée de la reconnaissance officielle pour aller de l'avant. Je ne suis pas assez intellectuelle pour laisser croire que je suis frivole.

AU REVOIR.

Ou bien je m'en vais... Ou bien... Et j'inventerai alors quelque chose pour m'occuper. Je déteste créer les modes : si je le sais je n'écris plus une ligne. « *La Luna* » est devenue comme mon ombre mais une ombre multipliée à l'infini. Tout n'est plus que fête, sexe, joie et inconscience. Eh bien non ! Les jeux cessent de l'être quand ils deviennent une manifestation culturelle. Jadis, une fête était un lieu où on volait les bijoux et le fiancé de quelqu'un, ce qui créait une tension, une histoire digne d'être vécue. Maintenant, une fête est un plateau où tes anciennes amies se transforment en momies et passent la soirée à poser pour des photographes amateurs qui publient systématiquement les photos les plus immondes. Qui veut-on tromper ? Il n'y a pas si longtemps encore, la seule chose intéressante dans les fêtes c'était les photos : je le regrette, ça ne me suffit pas. Ou alors je me fous des fêtes et je me passe des gens qui parlent de fêtes et qui dépeignent des fêtes dans leurs COMICS et qui font des photos de fêtes comme si ça pouvait intéresser qui que ce soit.

Je préfère la fange, la dépression, la réflexion, l'abstinence, l'ennui, le nihilisme, la discrétion, le mutisme, l'inactivité, les bonnes manières, l'antipathie, la country, les horaires fixes, la précaution, la mélancolie, les visites familiales, le communisme soviétique, le bon sens, l'inhibition, les racines, la tradition, les chanteurs-compositeurs.

C'est insupportable ce besoin que les gens ont de montrer qu'ils sont divins !

Le succès m'a rendue triste et mélancolique et je ne suis pas prête à prendre des drogues pour le dépasser.

Je n'ai rien à dire et je ne veux rien dire. Ce que je suis en train d'écrire n'a aucun sens. Cette page, à partir de maintenant, sera vide. Que d'autres la remplissent.

MOI, PATTY, J'ESSAIE DE ME CONNAÎTRE À TRAVERS MON AUTEUR

Ça faisait un moment que je voulais mettre mon auteur à nu. Je ne sais pas s'il se laissera faire. Essayons toujours...

Patty : Tout d'abord j'aimerais savoir si je suis un homme, une femme ou un travesti.

Pedro : Tu es une femme naturellement. Une femme qui ne dort jamais, mais en fin de compte une femme.

Patty : Pourquoi je ne dors jamais ? Il existe des somnifères qui sont capables d'abrutir un éléphant. Le Roipnol par exemple. Des junkies m'en ont parlé.

Pedro : Tu ne peux pas dormir : pour toi le sommeil signifierait la mort.

Patty : Il y a des gens qui font des choses très intéressantes en état de catalepsie ; d'autres qui profitent du somnambulisme pour s'amuser.

Pedro : Ah oui, et qui ?

Patty : Un personnage de Copi... Une femme qui prétend être somnambule pour faire tout ce qu'elle a envie de faire. Une fois réveillée, elle dit qu'elle dormait, qu'elle ne se souvient de rien, qu'elle n'est pas responsable.

Pedro : Alors, c'était faux : elle ne dormait pas. Pourquoi veux-tu dormir ?

Patty : Je ne sais pas. J'ai entendu dire que certaines personnes dormaient entre deux coups.

Pedro : Tu n'en as pas besoin, tu es pleine de vie. Le signe de notre temps c'est le vertige, l'activité frénétique. Et tu es une fille typique de notre époque.

Patty : Dernièrement, tu semblais davantage préoccupé par mon cœur que par mon con. Tu es malade ?

Pedro : Je suppose que j'ai besoin d'un amour absolu. Depuis quelque temps, je propose à tout le monde de se marier avec moi. Je suis sérieux...

Patty : Alors je suis ton propre reflet ? Cette horrible chose qu'on appelle un *alter ego* ?

Pedro : Non, tu es une création des lecteurs. Tu es ce qu'ils aimeraient être.

Patty : Tu lis mes Mémoires ?

Pedro : De temps en temps, pour repérer les coquilles. Comme ça, après, je suis bien désespéré.

Patty : Ce qui veut dire que toi aussi tu es un lecteur et que toi aussi tu aimerais me ressembler.

Pedro : J'aimerais avoir ta spontanéité et ton sens positif de la vie.

Patty : Écoute. Pourquoi ne ferais-tu pas une série télévisée ?

Pedro : Ce serait difficile de trouver une actrice.

Patty : Je pense que Morgan Fairchild le ferait très bien.

Pedro : Non, tu es plus sexy. En plus, je vois mal Morgan Fairchild faire des pipes à longueur de plans. Et à la télévision, ça ne passerait jamais.

Patty : Même sur les chaînes privées ?

Pedro : Je ne le crois pas.

Patty : Parle-moi un peu plus de moi, pendant que je te fais un câlin.

Pedro : Je ne veux pas que tu me fasses quoi que ce soit.

Patty : Dis-moi ce que tu aimes. J'aime tout.

Pedro : Reste tranquille. Si je veux me masturber, je sais très bien comment le faire.

Patty : Comment fais-tu ?

Pedro : Je suis surtout voyeur.

Patty : Comme dans *Double corps*, le film de Brian de Palma.

Pedro : Je n'aime pas me regarder. J'aimerais filmer mes propres parties de baise pour les regarder après.

Patty : Quel lien ai-je gardé avec Holly Golithly, Pepi et Fran Lebowitz ?

Pedro : Ce sont tes cousines germaines. Avant que tu n'existes, elles étaient déjà là, mais vous êtes le même genre de filles. Peut-être es-tu un peu plus ordinaire et un peu moins pathétique.

Patty : Je pratique un sport pour me conserver ?

Pedro : Les sports t'ennuient, même ceux qui sont à la mode. Tu te conserves toute seule.

Patty : En restant toujours debout ? Je n'ai pas de varices ? parce que je déteste les varices.

Pedro : Tu n'auras jamais de varices. Le plus joli chez toi ce sont les jambes. Tu es Balance comme moi et Brigitte Bardot.

Patty : Mais tes jambes ressemblent plus à celles d'Addy Ventura qu'à celles de Brigitte. Addy est aussi Balance ?

Pedro : Je ne sais pas. Oscar Wilde était lui aussi Balance. Il aura certainement hérité cela de ses jambes.

Patty : Je ne sais pas comment étaient les jambes d'Oscar. J'ai surtout fait attention à ce qu'il disait, plus qu'à ses jambes. Pourquoi les hommes réellement intéressants ne sont-ils jamais sexy, sauf Sam Shepard, bien sûr ?

Pedro : Je n'ai qu'à me regarder dans la glace pour être excité.

Patty : Comme tout bon natif de la Manche, tu es un garçon, disons « pratique ». Pour parler d'autre chose : est-ce que j'ai une idéologie ?

Pedro : Tu aimes baiser et tu adores qu'on t'admire.

Patty : Je veux dire, est-ce que je suis socialiste ?

Pedro : Non, mais ça ne te gênerait pas de le devenir avec Felipe Gonzales.

Patty : Donc, on peut dire qu'à ma façon je suis socialiste parce que je ne coucherai jamais avec Fraga ?

Pedro : Non.

Patty : Et avec Tamanes, et avec Curiel ?

Pedro : Avec eux oui, et même avec les deux à la fois.

Patty : Tu crois que je devrais le leur proposer ?

Pedro : Je crois qu'ils n'accepteraient pas. Tu as trop de culot pour les hommes de gauche.

Patty : Bon, pour le moment arrange-moi le coup du chauffeur de taxi, celui qui ressemble à Robert Mitchum. Je lui ai bien plu, à celui-là.

Pedro : Nous verrons.

Patty : Pedro, je crois qu'après cette entrevue je ne sais toujours rien de toi.

Pedro : Moi, je savais déjà tout de toi avant...

REMPLISSAGE

SANS L'AMOUR, LA VIE NE S'APPELLERAIT PAS LA VIE

A une certaine époque, nous ne parlions que de l'envers des choses (c'est-à-dire de l'envers du décor), avec le secret espoir de découvrir ainsi la face cachée des choses. Heureusement, cette époque est révolue. Aujourd'hui, il ne faut pas hésiter à appeler les choses par leur nom. Plus contemporaines, elles n'en seront que plus sensibles. Il faut être chinois (les Chinois n'abordent jamais rien directement : certains que le diable emprunte les lignes droites, ils se rabattent sur les routes sinueuses afin de le tromper) pour tergiverser, ou avoir trois fois plus de talent.

Comme nous vivons en des temps de grande intolérance, que je ne suis pas chinois, et que je n'ai pas trois fois plus de talent, j'ai voulu que *La Loi du désir* évite la métaphore et mette en évidence la transparence, et cela, bien que le paysage décrit fût chargé de turbulences.

Appeler les choses par leur nom : c'est cela l'hyperréalisme. *La Loi du désir* est donc un mélodrame hyperréaliste, plein d'humour noir et de passions rouges engendrées par la sueur de l'été madrilène. Ce qui signifie un retour aux valeurs de toujours : le romantisme et l'amour. Comme le disent les blaireaux : « *Sans l'amour, la vie ne s'appellerait pas la vie !* » Ils disent aussi : « *Hors l'amour, point de salut.* » Mais en réalité, c'est tout le contraire : avec un seul amour, point de salut ! Le film parle de cette contradiction.

Le Christ nous a conseillé de nous aimer les uns les autres. Et Dieu le Père nous a programmés, sans consulter personne, avec ce besoin d'amour absolu dans nos baskets. Mais il a oublié la réciprocité. Et nous voilà bien, nous, Madrilènes, à aimer – je parle pour la majorité des cas – qui ne nous aime pas et à l'être par ceux que nous n'aimons pas. Si vous ne me croyez pas, consultez le courrier du cœur des revues féminines : elles savent de quoi je parle !

La Loi du désir parle aussi de cet aspect sentimental des choses, mais sur un ton qui n'a rien à voir avec celui adopté par cette presse-là. Mon film traite aussi de la fraternité : il raconte l'histoire de deux frères qui se partagent le même fiancé, un crime, un secret, ainsi qu'un obscur passé familial commun.

La famille apparaît toujours comme un élément dramatique essentiel. Je l'ai découvert alors que je tournais *Qu'ai-je fait pour mériter ça ?* Les gens ont commencé à me regarder avec d'autres yeux, du genre « voilà quelque chose de moderne et en plus avec du sentiment ». Alors, j'ai posé mes yeux ronds de Pequeña Lulú sur le personnage de la Mère. Maintenant, je les pose sur ceux des deux frères. Poncela et Maura sont deux frères qui chantent et qui dansent, comme Pili et Mili. Comme Harry Dean Stanton et Dean Shockwell (*Paris-Texas*), qui n'hésitent pas à s'entraider quand l'un ou l'autre a des problèmes. Comme Warren Beatty et Barbara Loden (*Splendor in the grass*), qui luttent côte à côte contre la société qui les étouffe. Comme Leopoldo et Michi Panero (*Le Désenchantement*), qui se disputent parfois parce qu'ils ne se supportent pas.

C'est un film de mecs. A partir de maintenant, personne ne pourra plus m'accuser de ne savoir diriger que des actrices. Bandrea et Poncela montrent magistralement ce que signifie : être au bord de l'abîme sans jamais y tomber. Mais je crois qu'avec *La Loi du désir*, j'ai réussi la meilleure direction d'actrice de toute ma carrière en la personne de Carmen Maura. Dans le rôle du transsexuel Tian, elle n'est rien moins que saisissante. Au-delà même de l'apparence physique et du numéro de cirque qui consiste à se mettre dans la peau d'un homme qui se transforme lentement en nana..., Maura fait montre d'une telle richesse que son travail apparaît comme un véritable festival.

Cette femme a été si grande face à la caméra, si généreuse, si intuitive, si sincère, que je me réjouis d'avoir fait ce film, rien que pour sa simple présence. Amusante, pathétique, musclée, ambiguë, paranoïaque et raisonnable, etc. Telle est Tina Quintero... Merci à Carmen Maura de m'avoir donné l'occasion de réaliser un portrait de femme aussi complet. Cela ne signifie peut-être pas grand-chose, mais pour moi, c'est déjà tellement important. Et ça m'émeut. Merci Carmen. Tu es trop. MMMMMMMUUUAAAAAA !

SCARLETT O'HARA :
UNE VRAIE FEMME DE LA MANCHE

Ceux qui pensent que *La Loi du désir* est un film autobiographique se trompent. Le film qui parle le plus de moi a été réalisé bien avant que je tourne *La Loi du désir*. Ce film s'appelle *Autant en emporte le vent*. Le personnage qui joue mon rôle, ce n'est pas Mummy, comme certaines personnes malintentionnées pourraient le laisser croire, mais Scarlett, personnage pourvu d'une force de caractère capable de déplacer des montagnes. Si l'on regarde avec attention (ce qui est difficile, car le film émeut tant qu'on ne peut le voir qu'avec les yeux du cœur), il est facile de deviner en Scarlett un personnage masculin interprété par une femme. Le premier à douter de la féminité de sa compagne, c'est Rhett Butler. Il parvient à le formuler très clairement en certaines occasions. Leurs corps sont suffisamment différents pour éliminer toute ambiguïté, mais pour l'essentiel, et Rhett en est bien conscient : ils se ressemblent comme deux gouttes d'eau. Également cyniques, égoïstes, immoraux, sceptiques, ne défendant avec force que ce qui représente à leurs yeux la seule vraie valeur : leur vie.

Il me fallut attendre plusieurs années avant que je retrouve enfin toute ma sensibilité oculaire et que je puisse savourer pleinement *Autant en emporte le vent*.

Quand le film fut projeté en Espagne, j'habitais à Cáceres et pour les habitants d'Estrémadure, il ne s'agissait alors que d'un film d'une longueur et d'une lenteur interminables. On disait : « Autant en emporte le vent et que le cul me pèle ! » Aussi ne suis-je allé le voir que bien des années après alors que j'étais adolescent et que je n'avais pas encore échappé à la néfaste influence d'un ami gauchiste qui m'avait convaincu du caractère réactionnaire du roman : à ses yeux, on ne pouvait faire l'éloge du Sud esclavagiste luttant contre Lincoln !

Des années plus tard, à Madrid, avec en poche quelques idées sur la vie et des idées plus claires sur les films, j'ai enfin découvert que j'étais face à un authentique monument de l'histoire du cinéma. Aujourd'hui, ma première réaction me fait honte, mais un adolescent est une petite personne ridicule...

Pour de nombreuses raisons, *Autant en emporte le vent* est un film exemplaire, mais ce qui m'impressionne le plus, c'est Scarlett O'Hara-Vivien Leigh. Si elle n'était pas née à Atlanta, Scarlett eût été une parfaite femme de la Manche : sa relation à la terre, je ne l'ai vue que chez mes paysans. La principale rivale de Clark Gable, ce n'est pas la faible Leslie Howard, mais la terre. Rhett Butler n'aurait pas moins souffert s'il avait été amoureux d'un laboureur de la Manche !

Un film osé, vraiment, et très peu conventionnel.

Il serait hasardeux d'avouer que le public peut s'identifier à des héros fondamentalement négatifs, qui ne le cachent pas et qui vivent une histoire d'amour si éloignée des goûts de l'époque. Une des grandes qualités d'*Autant en emporte le vent*, c'est sa dureté. Les scénaristes osent nous briser le cœur en écrivant une fin dans laquelle Rhett Butler laisse Scarlett seule, abandonnée en plein milieu de l'escalier. En fait, elle n'est pas tout à fait seule... Sous ses pieds palpite la terre rouge de Tara. Je n'hésite pas à le redire : Scarlett n'est pas une femme mais un laboureur, mieux encore : un symbole. Et personne ne peut épouser un symbole, même Clark Gable.

ALLER À MADRID

Mon premier souvenir, je le tiens de la bouche de ma mère. Lorsque j'étais petit, elle nous racontait, comme dans un conte de fées, qu'enfant, elle était venue à Madrid en passant par la rue de Alcalá. C'était dans les années vingt. Elle nous parlait aussi des Infantes, mais je ne me souviens pas de ce qu'elle disait exactement. Dans mon imagination, je me plaisais à penser que ma mère était venue à Madrid et que, se promenant dans la rue de Alcalá, elle avait rencontré des Infantes. Pour un natif de la Manche, le voyage à Madrid, en ce début de siècle, devait ressembler à une expédition sur la lune : les habitants de la Manche voyagent peu, et encore moins à cette époque... Ma mère me donna l'image d'un Madrid de légende et je l'imaginais, semblable à l'une de ces illustrations qui peuplaient les encyclopédies que j'aimais tant. Je pensais que vivre à Madrid, c'était un peu comme vivre dans les décors de *Sissi Impératrice*.

Durant mon enfance, d'autres images métaphoriques commencèrent à remplacer celles que ma mère m'avait transmises. Je devais avoir dix ans environ, ma famille avait pour habitude de faire ses achats par correspondance dans les grands magasins madrilènes...

Je me souviens des catalogues avec leurs photos en

noir et blanc et toutes sortes de produits pour le corps et pour la maison. Ce fut mon premier contact avec le pop'art ; jamais plus je ne devais l'oublier. Madrid était alors pour moi la ville des grands magasins et cette image aussi me fascinait. Je pensais aux *Galerías Preciados*[1] comme quelqu'un pourrait le faire d'un grand musée. Lors de ces achats, je pouvais commander des livres de la collection Reno (Mika Waltari, Morris West, Françoise Sagan, Lakos Zilay, etc.) tandis que mes sœurs exigeaient des appareils ménagers en modèle réduit et des vêtements d'intérieur. Un jour, à Marrakech, un jeune Marocain qui vendait du haschisch, comprenant que j'étais espagnol, me demanda, les yeux brillant d'illusion, de lui décrire le *Corte Ingles*[1] ; il avait vu une photo et cela l'avait émerveillé.

En effet, à ses yeux, le *Corte Ingles* devait représenter le summum du souk !

Plus tard, alors que j'étais sur le chemin difficile de l'adolescence, Madrid représentait pour moi le lieu où les films étaient projetés en première exclusivité, mais aussi la métropole où chacun pouvait « vivre sa vie », en définitive : un rêve.

A dix-sept ans, et le bac en poche, je dus reconnaître que la perspective d'une existence normale et « rurale » me rendait aussi nerveux que la *Tía Tula*, et non moins anxieux. Il fallait que je voie ces films en première exclusivité, il fallait que je vive ma vie ; il y avait là un besoin urgent qui n'avait plus rien à voir avec les caprices d'un adolescent égaré. C'est ce que je tentai d'expliquer à mon père qui avait écrit pour moi le scénario d'un film moins aléatoire et plus calme : j'y étais fonctionnaire à la banque du village. Tout cela me poussa

1. Grands magasins. (*N.d.T.*)

à prendre au plus vite la décision la plus importante de ma vie : aller à Madrid. Je ne savais pas encore à quel point elle allait me marquer.

J'entrai à Madrid par la route de l'Estrémadure, ce qui ne correspondait guère à mes rêves d'antan : le paysage était d'une tristesse infinie, sale et hostile. La première vision de ce Madrid « grandeur nature » m'intimida. Le second souvenir, ce fut le métro : une odeur humide et douceâtre qui restera à jamais gravée dans la mémoire de mes narines. Ça non plus, je ne m'y attendais pas... La nuit, alors que je me promenais, je regardais le ciel rouge et je le trouvais menaçant, car aucune étoile n'y scintillait.

Telles furent mes premières sensations, celles dont je me souviens. Tout était moins fascinant que je l'avais imaginé, mais je suis resté. Cela fait maintenant vingt et un ans et je ne m'en lasse toujours pas.

Je me suis habitué (et je l'ai acceptée, comme on accepte la maladie d'un être aimé) à la réalité de ce Madrid-là, où les distractions et le luxe étaient loin de faire partie de sa vie quotidienne. Les grandes villes ont aussi leurs banlieues, la pollution, beaucoup de bruit et de misère ; mais c'est peut-être de ces imperfections qu'elles tirent leur grandeur.

Quand je travaillais au magasin de fournitures des Téléphones à côté du village de Fuencarral, j'empruntais chaque jour le périphérique. Ces énormes ruches qui se dressaient au bord de l'autoroute m'impressionnaient toujours. Cette impression-là, très forte, toute cette émotion ont trouvé le moyen de s'exprimer quelques années après dans *Qu'ai-je fait pour mériter ça ?*

Mais Madrid, ce n'était pas seulement cette misère. Je découvrais aussi une ville folle qui se divertissait clandestinement sous la dictature et qui se préparait au changement vertigineux qui serait le sien lorsque la bête noire disparaîtrait. J'ai grandi, profité, souffert, grossi et me suis développé à Madrid. Toutes ces choses, je les ai réalisées à mon rythme, qui n'était autre que celui de la ville. Ma vie et mes films sont indissolublement liés à Madrid comme les dix doigts de la main.

Madrid est aussi vaste qu'un être humain. Aussi contradictoire et aussi varié. A l'image de l'homme porteur de milliers de facettes, Madrid est pour moi mille villes en une. Huit d'entre elles apparaissent dans mes films. *Pepi, Luci, Bom et autres filles du quartier* évoque un Madrid rural et citadin. Ses personnages dialoguent autour d'une table avant de partir se shooter dans une des boîtes les plus show-off de Madrid. Les scènes tournées en extérieur témoignent aussi de cette même antinomie : les coins du quartier de la « Prosperidad », le profil new-yorkais de « Azca », les dessous de « Princesa », le « Rusho »...

Dans *Labyrinthe des passions*, je me suis plongé dans les entrailles d'un Madrid explosif et cosmopolite. J'en fais le centre névralgique du monde, où tout se passe, où tout peut avoir lieu. Bordel et recueillement dans *Dans les ténèbres* (à nouveau le « Rusho », un couvent de la rue Fuencarral avec sa salle des fêtes : le Moulin rouge). La désolation du quartier de la « Concepción », et cette mer sans fond qu'est la M.30 dans *Qu'ai-je fait pour mériter ça ?* La maison de campagne et un matador de Legzapi dans *Matador*. La nuit estivale chargée de sueur, de petits bars et de pissotières dans *La Loi du désir*. Une Madrid maquillée et pimpante, avec des plans des Téléphones et de la Gran Via en arrière-plan (un de mes paysages favoris) dans *Femmes au bord de la crise de nerfs*. *Attache-moi* se passe aussi dans ce Madrid détruit en perpétuelle reconstruction. J'y ai toujours trouvé le paysage parfait et la faune adéquate – insolente et idéale – pour chacun de mes films. Quel drame que l'arrivée de ce conseiller municipal de droite qui, pour grappiller les voix de quelques voisins réticents, a entrepris de débarrasser Madrid de ce qu'il avait de plus caractéristique, de ce qui en faisait une ville unique au monde : sa vie nocturne. La vie tout court, en définitive. Madrid ne mérite pas ça, et si la ville ne le mérite pas, nous ne le méritons pas non plus.

MODES ET COUTUMES DES ANNÉES 90

La mode et la vie des années quatre-vingt-dix resteront marquées par les problèmes du trafic de drogue, du trafic d'influence et du trafic automobile.

Face à l'impossibilité de se déplacer, l'être humain sera condamné à rester chez lui et à faire tout lui-même, de la moindre fête familiale à la décoration de sa villa. Dans les années quatre-vingt-dix, tout le monde, c'est évident, sera designer et décorateur d'intérieur, tout simplement parce que dans la décennie précédente la majorité des Espagnols aura étudié le design et la décoration. Ce qui ne veut pas dire que les modistes et les décorateurs d'intérieur disparaîtront, au contraire : ils seront de plus en plus recherchés. Dans l'ignorance inquiète du temps qu'il leur faudrait pour rentrer chez eux, les gens n'iront plus dans les centres commerciaux ni dans les ateliers, en revanche ils s'abonneront à de nombreuses revues et regarderont plus que jamais la télévision dont ils s'inspireront pour s'habiller et créer l'ambiance dans laquelle ils souhaiteraient vivre. On trouvera même des femmes qui, par paresse ou parce qu'on les aura laissées faire, vivront pratiquement dans la maison de leur modiste d'où elles ne sortiront que pour assister à on ne sait quelle réunion publique. Les ateliers de ces modistes n'auront plus rien des taudis d'antan. Ce seront de véritables petits hôtels particuliers, confortables et commodes, avec chambres et saunas, pourvus d'une clinique de désintoxication et de chirurgie esthétique, d'une petite chapelle dont les images pieuses varieront avec les saisons, d'un casino, d'une loterie, d'une salle à manger où trônera une table de brasero pour y faire le « Monopoly de l'amour ».

Pour tout ce qui touchera au corps, les années quatre-vingt-dix seront la prolongation naturelle des années quatre-vingt : chirurgie esthétique et massages pour tous, sans exception d'âge, de sexe ou de condition sociale. Tout le monde pourra arborer une belle paire de seins et des pommettes aiguisées comme des couteaux. Les filles n'auront pas besoin d'attendre leur puberté pour atteindre les fatidiques cent centimètres de tour de poitrine qui les font tant rêver. Quel spectacle délicieux et soudain banal que ces sorties de collège où des bataillons de fillettes de sept à huit ans feront concurrence, pectoralement parlant, à la mississime Marta Sánchez. De fait, la vieille coutume de l'uniforme scolaire deviendra caduque. A la classique jupe plissée mini-moche on adjoindra un body très près du corps et échancré afin que les petites filles puissent montrer leurs seins tout neufs. Au début, cela créera des problèmes (cf. Carmen Alvear), mais ils seront réglés le jour où les nonnes posséderont le monopole des cliniques de chirurgie esthétique.

Une mode éphémère tentera même de lancer les prothèses pectorales pour hommes. Seuls les snobs et les hippies y prêteront une légère attention.

Si les différents types de femmes ne changeront guère, leurs activités seront très différentes. Le top-modèle, par exemple, stylisé et sophistiqué, qui n'était jusqu'alors réservé qu'aux avant-scènes et aux affiches, deviendra le prototype même de la maîtresse de maison. Toutes les Marcelle seront grandes, minces et mystiques. Les mannequins seront choisis parmi les filles à la banalité écrasante, à moins qu'elles ne possèdent une expression particulière ou une légère déformation physique. On aura aussi recours à des intellectuels ou à des scientifiques de haut niveau qui se paieront leurs études l'espace de quelques défilés de mode.

Les femmes seront majoritaires au sein des affaires les plus importantes et occuperont de nombreux postes de direction. Elles imposeront un nouveau style, le look « mère maquerelle » : cheveux crêpés, strass et brillants, robes à lacets et volants, maquillage agressif. Beaucoup de femmes seront ministres. Presque toutes auront enregistré au moins deux ou trois disques de musique *heavy* et écrit un roman, fort et réaliste, qui témoignera de leur grande connaissance des plus bas instincts de l'âme humaine. Quant aux hautes charges publiques, la tolérance y suppléera, par simple commodité, à l'intransigeance. En ces années quatre-vingt-dix, nos imperfections seront si nombreuses et si connues de tous que nous n'aurons pas d'autre solution que la tolérance envers les autres et l'intolérance envers nous-mêmes (ou vice versa).

La femme des années quatre-vingt-dix comprendra encore moins que jamais son mari ; cependant, les divorces diminueront. Elle aura quelque cinq centimètres de plus que la hauteur moyenne des femmes de jadis, mais ses instincts seront plus bas.

Quant aux hommes, les années quatre-vingt-dix marqueront le triomphe des ambitieux à l'âme prédatrice (comme toujours), mais cependant, une grande quantité de loosers et de marginaux occuperont des postes importants.

On trouvera encore de nombreux chauves ; le problème de la chute des cheveux sera résolu au cours de cette nouvelle décennie. Sans doute vers l'an 2000.

En ce qui concerne l'habillement masculin, la soutane avec épaulettes et rangées de décorations fera fureur. Ce qui sera très pratique pour travailler. La mantille sera imposée par l'étiquette comme le signe indispensable d'une certaine élégance. Des hommes porteront en même temps et la soutane et la mantille ; surtout les hippies qui n'ont pas le temps de se changer. Aussi pourront-ils passer directement de leur bureau à leur réunion de revendications sociales.

Les canons de la beauté masculine changeront, mais on ne sait pas encore dans quelle direction. Ce qui est certain, c'est que les bellâtres seront cotés à la baisse et les conservateurs bon teint à la hausse. Le secteur public sera nettement dominé par les sportifs qui pourront, s'ils le désirent, occuper des postes administratifs ; mais peut-être ne le désireront-ils pas, car ce sont des individus au jeu souvent très personnel.

AUTO-INTERVIEW, 1984

J'aime les choses qui portent en elles un message. Ces pages en ont un très concret, et qui est en relation avec mon dernier film, *Dans les ténèbres* : allez le voir ! J'ai choisi, dans ce but, l'auto-interview, bien que je n'aie ni question à me poser ni réponse à me formuler. A Madrid, le trip à la mode, c'est celui de l'ego et je n'ai pas l'intention d'y échapper. De plus, si quelqu'un doit écrire sur Pedro Almodóvar, j'aime autant que ce soit moi.

Question : Aujourd'hui, on parle beaucoup de Madrid ?

Réponse : Trop.

Question : Tu veux dire que c'est exagéré ?

Réponse : A Madrid, il se passe toujours quelque chose, c'est vrai. Mais on a l'impression que Madrid est en train de perdre, ce qui est dangereux, une de ses principales caractéristiques. Nous qui vivons dans cette ville, nous n'avons jamais eu de racines. Nous n'avons jamais su de quoi est fait ce sentiment d'appartenance qu'on trouve à Barcelone, par exemple. Nous vivions à Madrid comme dans n'importe quel autre lieu. Rien n'était prémédité, tout était accidentel, fortuit. Et voilà que maintenant, on nous parle d'une culture madrilène, on la défend, on la compare à d'autres ! On dit souvent

– même moi ! – que les idées, on les trouve ici et que l'Europe entière a les yeux rivés sur nous. On éprouve, bien sûr, une certaine fierté à habiter un tel endroit. Mais ça n'a pas de sens. On cesse de se sentir soi-même pour devenir une ville. On souffre d'une sorte de mirage narcissique. On est soi-même, mais plus seul que jamais. La grande nouveauté, c'est qu'aujourd'hui, tous nos amis parlent de nous.

Question : Mais tu vis et tu travailles à Madrid ?

Réponse : Je vis à Madrid sans y vivre.

Question : Crois-tu que tu aurais pu travailler ailleurs aussi rapidement ?

Réponse : Je ne sais pas. Cela dépend des producteurs. Et ce n'est pas le seul endroit au monde où il y ait des producteurs.

Question : Comment arrives-tu à les convaincre de produire tes films ?

Réponse : Par l'hypnose. C'est le meilleur moyen. Je crois que les jeunes metteurs en scène ne tournent pas parce qu'ils ne pratiquent pas l'hypnose.

Question : T'a-t-on déjà fait remarquer que les interviews que tu écris toi-même sont bien meilleures que les autres ?

Réponse : Peut-être. Ce n'est que lorsque j'écris que je deviens un personnage. Le reste du temps, et bien que j'aie un journaliste en face de moi, je ne suis qu'un être tout à fait normal, fatigué, parlant avec difficulté, et troublé par la seule présence d'un étranger.

Question : Mais tu donnes de toi-même une image plus agressive...

Réponse : La saison passée, oui. A présent, en cet automne-hiver, je prétends donner l'image contraire : celle d'un pauvre garçon qui a besoin d'amour. Ça colle plus à la réalité.

Question : Plusieurs fois, nous nous sommes posé des questions concernant ta créativité galopante.

Réponse : Elle trouve sa source dans le désespoir, je l'ai déjà dit à maintes reprises. Le travail ne me détend pas, au contraire, il m'ouvre les portes d'autres insatisfactions. Ce qui ne veut pas dire qu'il ne me profite pas. J'aime vraiment ce que je fais, mais je ne pratique jamais l'autocomplaisance : quand je termine un film, un disque ou un rôle, je suis plus mal que je ne l'étais avant de commencer. J'ai tout de suite besoin de me plonger dans un autre projet. Je suis une centrale électrique pleine d'idées désordonnées, de lacunes culturelles et de sentiments contradictoires. La pudeur, l'insécurité et la nécessité de ne pas rester les bras croisés constituent les autres éléments moteurs de cette centrale.

Question : Quels sont les projets immédiats de cette centrale ?

Réponse : *Qu'ai-je fait pour mériter ça ?*, une comédie cruelle sur une femme au foyer. Ensuite, j'aimerais tourner la biographie de Bette Davis qui interpréterait, bien sûr, son propre rôle, et même lorsqu'elle est petite. Et l'histoire d'un paranoïaque peureux qui ne supporte pas le moindre contact avec le métal – il ne porte donc jamais ni pistolet ni couteau –, qui passe son temps dans les écoles de kendo, de jiu-jitsu et de judo, et qui devient bientôt le grand maître européen en la matière. J'aimerais que David Bowie en soit l'interprète.

Question : Je te croyais plus réaliste. Ne penses-tu pas que Bette Davis tout comme David Bowie ne soient pour toi hors de portée ?

Réponse : Complètement. Je n'aime pas rêver, mais quelquefois, je ne peux l'éviter.

Question : Tu t'es spécialisé dans la direction des

femmes – je précise : cinématographiquement parlant. C'est une des rares qualités que les gens te reconnaissent.

Réponse : Il y a, entre elles et moi, un sentiment étrange de réciprocité. Je réveille en elles des sentiments maternels, et réciproquement. C'est pour cela que nous nous entendons si bien sur le plateau.

Question : Et en dehors du plateau ?

Réponse : En dehors du plateau, j'ai deux ou trois secrets qui portent des noms de femme. Mais le temps de les révéler n'est pas encore venu.

Question : Tes scénarios, tu les écris seul ?

Réponse : Comme la plupart des choses que je fais.

Question : Avec qui aimerais-tu écrire ?

Réponse : Avec mon ange gardien. Mais il ne s'est toujours pas présenté.

Question : Tu donnes l'impression de te moquer de tout.

Réponse : Seulement des interviews.

Question : Ah oui ?

Réponse : Non. Je ne me moque de rien. Je me montre comme je suis. Mais je suis très pudique. J'ai recours à l'ironie ou à l'ambiguïté, par pudeur.

Question : Quelles sont, à ton avis, les raisons de ton succès ?

Réponse : Les gens s'ennuient et ils ne me comprennent pas.

Question : Tu n'es pas frustré à l'idée que les gens ne te comprennent pas ?

Réponse : Moi non plus, je ne comprends pas les gens.

Question : Si on lit attentivement tes dédicaces, on peut, schématiquement, les classer en deux catégories. Une première, qui serait d'ordre moral ; et une seconde, majoritaire, invitant les gens à jouir de la vie. Peux-tu m'en dire davantage ?

Réponse : Il existe un livre de conseils et d'exemples de règles de vie, appelé *La Jeune Fille chrétienne*, où j'ai trouvé la plus grande partie de mes dédicaces. Bien que cet ouvrage soit évidemment réactionnaire, il me semble que les conseils qu'il prodigue sont « littérairement » excellents et si anachroniques qu'ils en deviennent amusants. Le livre est rempli de concepts du genre « si tu aimes le luxe et les divertissements de la société, ton trésor n'est pas Dieu mais Baal », ou encore « n'imite pas ces jeunes imbéciles qui se complaisent dans les spectacles publics où elles exhibent leurs ornements de pacotille et affichent leur fugace beauté ». Quand je n'ai pas mon livre sous la main et que j'écris : « N'aie pas peur du plaisir », on peut penser que c'est parce que j'aimerais coucher avec le dédicataire. Pour moi, le plaisir n'est ni une idéologie, ni un acte militant, mais la permanence d'un désir insatisfait. A propos de cela, au sujet des autographes, j'ai eu récemment une idée de scénario qui depuis ne cesse de me poursuivre. Un artiste connu a pour habitude de dissimuler dans ses autographes des parties cachées de sa vie. L'artiste meurt assassiné. Par hasard, un ami tombe sur deux autographes que l'artiste avait signés l'un à la suite de l'autre. Il se dit que la clef de l'énigme est là, et il décide de rassembler tous les autographes de son ami mort afin de découvrir l'assassin. Ce film sera très proche d'Hitchcock...

Question : Une histoire très curieuse, en effet... *Dans les ténèbres* est le premier de tes films, réalisés à ce jour, où quelqu'un meurt. Dans *Qu'ai-je fait pour mériter ça ?*, il y a aussi un assassinat. Et dans l'histoire que tu viens de me raconter, ce projet avec Bowie sur la peur et la défense personnelle, la mort est aussi très présente... Pourquoi cette présence de la mort dans tes derniers projets ?

Réponse : Je n'ai jamais rien compris à la mort. Je sais qu'elle existe, mais je n'arrive pas à l'appréhender. Avant, dans *Pepi, Luci, Bom et autres filles du quartier* et dans *Labyrinthe des passions*, et bien que je sois l'auteur de mes histoires, jamais elle n'apparaissait : je la rejetais. Maintenant, au contraire, j'essaie de la mettre dans mes films, comme pour m'y habituer. De plus, c'est un excellent ressort dramatique. Mais nous parlions de *Dans les ténèbres* ; souviens-toi que cette interview porte un message très concret.

Question : Que les gens aillent voir le film.

Réponse : *Dans les ténèbres* est un film dans la lignée de *Mad Max 2* : un film fait pour gagner de l'argent et m'apporter la gloire.

Question : Ah bon ? Je croyais que tu faisais un cinéma d'auteur ?

Réponse : Les meilleurs films d'auteurs sont ceux qui sont réalisés en pensant au public. Regarde Hitchcock.

Question : Avec un film comme *E.T.*, que peux-tu espérer en plus de l'argent et de la gloire ?

Réponse : Ça te semble peu ?

Question : Non. Mais s'il y a autre chose, j'aimerais le savoir.

Réponse : Ce qui a déconcerté nos « modernes », c'est que ce soit un film aussi chargé d'émotions. On a même parlé d'arnaque : sale temps pour la poésie lyrique ! Il arrive un moment où en amusant trop tu cesses de divertir. Alors on revient aux thèmes de toujours, tu sais, ces choses qui prennent toujours une majuscule. Au fond, rien n'a changé. Les sujets, depuis que l'homme est homme, sont toujours les mêmes : le plaisir, la douleur, la vérité, la liberté, l'amour, la mort... L'important, c'est de trouver des formes nouvelles d'approche. *E.T.* est un film délibérément dramatique et sentimental. J'adore le funky, le glam, le glitter et même la pop « débémolisée ». Mais j'aime aussi les boléros, le blues, les chansons populaires et les *jotas*. Divine et Bambino, Olga Guillot et Prince, David Bowie et Billie Holiday, Mae West et les sœurs Hurtado, Derribos Arias et Roxy Music. Je suis un homme à plusieurs facettes : l'une d'elles est présente dans *Pepi, Luci, Bom et autres filles du quartier*, l'autre dans *Dans les ténèbres*.

Question : Il est tout de même surprenant qu'avec ce que tu appelles ton éducation « spectaculairement » religieuse, tu aies créé des personnages de religieuses si charmants.

Réponse : Ça ne m'intéresse pas de faire un film revanchard. Il faut beaucoup de mémoire et de rancœur pour prendre sa revanche après que les années se sont écoulées. Je n'ai ni l'une ni l'autre. C'est dommage, parce que la mémoire et la haine ont une puissance créatrice énorme. Je le répète, je n'ai ni l'une ni l'autre. Je vis le présent et le présent doit être absolument nouveau – du moins pour moi. Mon expérience avec les curés fut monstrueuse, mais elle ne m'a guère affecté. Il est plus original de faire un film autour des religieuses et qui ne soit pas anticlérical. Je suppose que pour moi, la religion ne doit pas être un problème. Je ne la considère pas comme une ennemie contre laquelle il me faille lutter. Je ne me sens pas entamé par toutes les balivernes proférées par Jean-Paul II. S'il essayait de mettre le péché à la mode, je n'en deviendrais pas pour autant un pécheur : le péché a totalement disparu de ma vie.

Question : Donne-moi quelques lieux communs, quelques clichés au sujet du succès.

Réponse : Le succès fait que tu te sens plus seul et plus parano que jamais.

Question : Comment réagiras-tu lorsque le public cessera de voir tes films ?

Réponse : Comme dans toutes les relations amoureuses, ma relation avec le public passera par des étapes diverses : de l'état de grâce à l'abandon. Quand le public se lassera de moi, je lui chanterai une chanson de Bambino qui dit : « Quand plus personne ne t'aimera, lorsque tous t'auront oubliée, tu reviendras sur le chemin où je suis resté. Tu reviendras, comme toutes les autres, l'âme en morceaux, chercher dans mes bras un peu de foi. Quand tout orgueil en toi aura disparu et que la flamme de tes yeux commencera de décliner, je serai sur le chemin où tu m'as laissé, les bras ouverts avec mon immortel amour. »

UN BON DÉBUT

Une fille est accoudée au bar de la gare. A ses pieds : une valise et deux sacs en plastique, plutôt chics.

Un type d'une quarantaine d'années s'approche d'elle, on ne sait pas exactement pourquoi : lui demander quelque chose, la draguer ou simplement pour tenter de communiquer avec le seul être vivant – exception faite du serveur – qui soit au buffet de cette gare.

C'est une nuit froide, orageuse et sale.

Après avoir hésité, il finit par lui demander du feu.

– Je m'appelle Juan.

Puis, il lui tend la main, celle qui ne tient pas la cigarette, comme pour lui dire : « Salut, comment ça va ? » Elle recule d'un pas, semble tendue, et lui dit :

– Ne me touchez pas. Il y a plusieurs jours, j'ai été violée ; ils m'ont tout fait. C'est un miracle que je sois encore en vie, si on peut appeler ça « être en vie ». Mais je vous conseille de me laisser tranquille. Je pourrais vous tuer.

– Pourquoi ? Je n'ai rien fait. Je vous ai simplement demandé du feu, c'est tout.

– Je sais, dit-elle, lasse de devoir donner autant d'explications, mais j'ai subi un traumatisme. Je ne supporte plus le contact d'aucun homme. Je ne supporte plus le contact de vos jambes contre mes sacs en plastique. Il fallait que je vous avertisse, je ne veux pas vous tuer injustement.

– Merci beaucoup. Moi non plus, ça ne va pas très bien avec les femmes.

– Elles vous ont violé aussi ?

– Non... pas au sens où on l'entend habituellement, mais...

Doute. Ce n'est pas facile de parler de soi. La vérité, c'est que Juan se sent lessivé. C'est pour cela qu'il est sorti se promener et qu'il ne s'est même pas aperçu qu'il pleuvait. Ça faisait déjà un bout de temps qu'il était assis devant sa machine sans avoir écrit une seule ligne, en cet après-midi où la communication avec sa fiancée était encore plus difficile qu'avec sa machine à écrire. La femme accoudée au bar le regarde avec insistance. Elle veut savoir sur quel terrain elle est en train de mettre les pieds. C'est le genre de fille qui n'admet pas les hésitations, qui veut être sûre de tout.

– Où en étions-nous restés ? Elles vous ont violé ou elles ne vous ont pas violé ?

Juan réfléchit à la réponse qu'il va faire. La femme s'impatiente.

– Elles ne m'ont pas violé, mais c'est tout comme.

– Ça, c'est impossible, rétorque-t-elle, catégorique.

– Nous étions dans un restaurant, raconte Juan, Victoria et moi. Une chiromancienne s'est approchée de nous et m'a lu les lignes de la main, sans doute parce que je suis un écrivain célèbre. Quand je suis allé aux toilettes, pendant que je ne les voyais pas, Victoria lui a demandé d'en faire autant avec elle. Je les ai surprises alors qu'elles venaient d'en terminer. Victoria avait une de ces expressions étranges, de celles qui font que tu te sens complètement exclu, et qui t'agacent parce que tu ne sais pas ce qu'elles cachent. Sur le chemin de la maison, elle me raconta ce que la chiromancienne lui avait révélé.

– Que lui avait-elle dit ?

– Qu'elle était une femme qui portait en elle un extraordinaire potentiel de tendresse et qui avait un grand besoin d'affection. Elle lui a aussi révélé qu'un homme capable de lui offrir tout l'amour qu'elle espérait apparaîtrait prochainement dans sa vie.

Juan garde le silence, comme pour digérer l'impact de ses propres paroles. La femme accoudée au bar le regarde, sans qu'aucune expression vienne s'imprimer sur son visage.

– Elle me racontait ça en souriant, comme si elle se moquait de l'effet que ses paroles avaient sur moi.

– Sans doute y avait-il de sa part plus d'inconscience que de perversité...

– C'est ce que j'ai pensé dans un premier temps. Je lui ai dit que j'étais un homme et que je m'étonnais qu'elle ne s'en soit pas rendu compte au cours des deux années que nous venions de vivre ensemble. Elle ne répondait pas, comme si ce que je lui disais n'avait aucune importance. Elle n'a que vingt ans ; si elle avait été plus âgée, son attitude aurait pu me choquer et j'aurais trouvé cette blague de très mauvais goût. Mais les jeunes filles sont si spontanées qu'elles sont cruelles sans le vouloir. En fin de compte, je ne pouvais supporter l'idée d'être avec elle alors qu'elle arborait cet étrange sourire, chargé de réserves. Je suis parti. Je veux dire : nous avons rompu. Mais je n'arrive pas à l'oublier.

Juan reste silencieux, pensif.

Son interlocutrice ne dit rien non plus. Juan tire plusieurs bouffées de sa cigarette pendant que son regard erre sur les différentes bouteilles du bar.

Cette *impasse*[1] dure plusieurs secondes qui paraissent une éternité. Tout à coup, la femme réagit :

– Vous n'avez pas songé à vous suicider ?

– Non. Jamais.

– Moi non plus.

C'est dit avec l'assurance de quelqu'un qui y a pensé plusieurs fois.

– Même les baleines se suicident quand elles ne se sentent pas bien, continue-t-elle. Chez moi, c'est exactement le contraire : les difficultés me stimulent. Je ne m'avoue jamais vaincue. Je n'ai pas peur de la douleur, même si j'en garde les séquelles. Je suis fondamentalement optimiste ! Il n'y a pas très longtemps encore, j'avais peur du plaisir, mais j'ai fini par dépasser cette peur. Maintenant je veux dépasser ce traumatisme et être heureuse ou du moins, essayer de l'être. J'aimerais changer de vie, ouvrir mes horizons, apprendre des langues étrangères, commencer une nouvelle carrière, fuir l'ennui. Ma vie ne peut continuer d'être ce qu'elle a été jusqu'à maintenant. A Madrid, j'ai épuisé toutes mes possibilités. Mais ça me rend paresseuse d'être aussi cohérente. Ça, c'est un vrai problème.

– Vous avez porté plainte contre vos violeurs ?

– Pourquoi me parlez-vous de ça ?

Juan la regarde, déconcerté.

– J'ai l'impression qu'on est dans un cul-de-sac.

– Je pense prendre ce train. Dans douze heures, je serai à Paris, et dans six mois, je parlerai français. Je

1. En français dans le texte.

saluerai les petits matins en compagnie de la joyeuse *demi-baguette* [1] croustillante et je deviendrai l'amie de Catherine Deneuve. Je serai sa main droite. Et lorsque je m'y attendrai le moins, j'aurai un petit rôle comme Eva Harrington. Ensuite, avec le succès, peut-être pourrai-je enfin oublier mon traumatisme et recommencer à aimer. Jusque-là, comment dire ? je ferai tout mon possible pour me maintenir en vie.

– Une optimiste ? Une belle bavarde, oui. Ou un écrivain frustré. Tu ne me connais pas, pourtant je suis un écrivain célèbre.

– Alors Victoria s'est mise avec toi par intérêt.

– Comment peux-tu insinuer une chose pareille ! Je vais te casser la figure ! menace Juan.

– Quel genre de choses écris-tu ? lui demande-t-elle, comme pour le flatter.

– J'ai écrit un premier roman d'une incroyable maturité.

– Il était bien ?

– C'était très sordide, comme tous les bons premiers romans. Quand on veut faire éditer son premier roman, on est si fatigué d'essayer d'y arriver qu'il en sort toujours une histoire des plus corrompues. C'est pour cela que ça plaît. Le deuxième se veut plus complaisant. Il n'a d'autre ambition que de permettre la rédaction d'un troisième. A partir de là, tu es un écrivain. Je n'écris que le dimanche. Peu importe l'heure à laquelle je me réveille et avec qui : chaque dimanche, je me lève avec l'envie de pleurer. Alors, je pleure et j'écris. Mais je ne sais pas pourquoi je te raconte tout cela.

– Moi non plus.

1. En français dans le texte.

L'arrivée du train est annoncée. Dehors, il continue de pleuvoir. Tandis qu'ils poursuivent leur conversation, plusieurs personnes se sont installées au buffet. Juan et l'inconnue, plongés comme ils l'étaient dans leurs histoires, ne se sont aperçus de rien. Le tumulte de l'entrée en gare du train résonne comme un réveil.

– Bon, que faites-vous ? lui demande la fille. Vous m'accompagnez ou vous restez ici à ruminer vos problèmes ?

– Je n'aime pas voyager, c'est incommode. Je crois que je vais commander autre chose à boire.

– C'est plus facile de commencer une conversation que de la terminer, n'est-ce pas ?

– C'est vrai, dans les romans c'est la même chose.

– Bon, au revoir.

– Bonne chance en France.

La fille s'en va. Le train aussi. L'orage continue. Et Juan continue, lui aussi, à attendre, au bar, que la pluie cesse de tomber, pour rentrer chez lui et retrouver Victoria.

Quand il entre dans le salon, il la trouve endormie sur le divan, face au téléviseur, dans une position qui serait inconfortable pour n'importe qui d'autre qu'elle.

Elle a dû perdre quelque chose, pense Juan, inquiet comme toujours. Mais il ne s'approche pas et n'essaie pas de la réveiller.

Il s'assied, face à sa machine et commence à écrire, après avoir numéroté la page : « Ne me touchez pas. Il y a plusieurs jours, j'ai été violée. Ils m'ont tout fait. C'est un miracle que je sois encore en vie, si on peut appeler ça “être en vie”. Mais je vous conseille de me laisser tranquille. Je suis encore sous le choc : je pourrais vous tuer. »

– Quel formidable début de roman, commente Juan à voix haute.

Il regarde Victoria, il aimerait le lui dire. Mais il devrait lui parler de sa rencontre au buffet de la gare, lui confesser qu'il a parlé d'elle avec une inconnue.

L'anecdote avec la chiromancienne était vraie, mais ses problèmes avec Victoria sont tout autres. Et Juan n'aime en parler avec personne, sauf avec l'intéressée, la fille qui dort en ce moment, qui lui tourne le dos, comme elle tourne le dos au poste de télévision.

« Une étrange façon de la regarder, la télévision... »

Il s'approche d'elle. Il aime la caresser quand elle dort. Il s'assied sur le divan et retourne le corps.

Victoria ne dort pas, ou cette fois, pour de bon. Il y a des gens qui appelleraient ça la mort, le sommeil éternel.

Sous les vêtements, Juan trouve une seringue hypodermique ; son utilisation date de quelques heures à peine.

Il la regarde, Victoria, et il pleure. Il pense que Victoria ne pourra jamais plus rencontrer cet homme capable de lui donner tout l'amour dont elle avait besoin.

Et il pense qu'il n'aura plus jamais l'occasion de la convaincre que cet homme, ce n'était autre que lui.

LA NAISSANCE DE DADA (1978)

ANONADADO est un groupe formé de deux couples progressistes et d'une fille seule, intrépide et brutalement spontanée.

A est la fille seule.

NO est le mari de NA, et

DA la femme de DO.

A est une fille franchement indépendante. Tout doit rentrer dans son triangle supérieur △. Ce qui la rend sans doute la plus intéressante du groupe. C'est pour cette raison qu'elle est toujours envoyée en éclaireur.

NA est l'épouse anodine type, celle que le mari anéantit sans même lui demander son avis. Parce qu'elle vit dans son ombre. Elle est toujours derrière lui.

En revanche, dans le couple formé par DO et DA, c'est tout le contraire qui se passe. Ce n'est pas que DA soit beaucoup plus intelligente que NA, mais elle milite au sein d'un groupe « pédant-féministe », et, de ce fait, elle précède toujours son mari. Un jour, un ami de DO (en analyse, il passait alors par une phase de sincérité à outrance) lui fit remarquer que DA le dominait ; DO lui avoua que marcher derrière DA lui procurait un plaisir quotidien.

Comme on pouvait s'y attendre, la présence de A pose un réel problème aux deux autres couples. Ils vivent tous sous le même toit et la cohabitation avec A n'est pas toujours facile.

A est jolie et, chez certaines femmes, du genre de NA et de DA, la beauté des autres femmes leur donne la nausée.

– A ouvre un peu trop les cuisses, tu me comprends ? se disent-elles l'une à l'autre.

Mais une chose est certaine : A a les deux pieds sur terre. Il n'est qu'à l'écouter pour en être convaincu :

– Je tends vers le haut, je ne peux l'éviter, mais je suis consciente de mes limites.

NONADADO est né le jour où A a décidé d'abandonner ses quatre compagnons. Un monde nouveau s'est alors ouvert devant eux : le monde de la négation du NADADO. Dans ce monde, il leur est permis de se baigner, mais ils ne peuvent pas nager car le danger est trop grand.

Ils ne peuvent nager ni dans le sens du courant ni à contre-courant.

Ils ne peuvent pas non plus nager dans l'abondance. Conscients du danger que l'eau implique pour eux, les deux couples fuient le pays et viennent s'installer dans un désert.

Parfois, ils commentent, avec le regret que procure l'ennui :

– Ah, si A était ici !

Mais dans le fond, ils savent que si A s'est tirée, c'est à cause de leurs propres réticences.

Un jour, NA et DA, profitant de l'absence de leurs maris, papotent :

– Ils lui menaient une vie impossible !

– Ils oublient qu'une femme, quels que soient ses penchants, a un cœur.

– Si au moins ils avaient profité de son départ pour s'occuper un peu plus de nous, leurs légitimes épouses !

NO et DO arrivent à temps pour surprendre une partie de la conversation.

NO : Quand elles restent seules, elles deviennent vite insignifiantes !

DO : Elles sont vides !

NO : L'important, c'est qu'un nouveau pont ait été inauguré sur le fleuve KWAI.

DO : Et la petite Hélène est presque une femme...

NO (réfléchissant) : Tu te rends compte ? Sans elles, nous serions condamnés à n'être que de vulgaires bandes d'actualités.

C'est certain. NA et DA ensemble sont très superficielles. La seule chose qui les préoccupe, c'est d'ordonner à tous ceux qu'elles rencontrent de nager immédiatement. C'est la première chose qu'elles ont faite lorsqu'elles ont vu arriver NO et DO, tout en leur donnant les dernières nouvelles du pays et du reste du monde. Mais après les avoir vus nager, elles se sont rendu compte que ça ne les rendait pas plus heureuses et que ces nageurs étaient aussi inutiles que tout le reste.

DA décida donc de changer de vie et devint secrétaire chez Caritas – offrant généreusement son salaire à une autre institution sociale.

La fuite de DA créa une situation nouvelle chez ses anciens compagnons, NO, DO et NA. Ils se mirent ensemble. Je veux dire que DO resta avec NONA et vécut avec eux maritalement.

Un jour, alors qu'ils se trouvaient tous les trois ensemble, un hippie s'approcha et leur demanda quelque chose. Pour toute réponse, il reçut un violent coup de pied dans son gros cul usé.

Ce même hippie, tout à fait par hasard, sonna à la

porte de DA et lui demanda aussi quelque chose. DA n'avait rien, elle ne pouvait lui offrir que ses vêtements : ce qu'elle fit. Ensuite, elle alla travailler nue chez Caritas. On ne la laissa pas entrer. Quel scandale !

Pour se prouver à elle-même qu'elle existait encore, qu'elle n'était pas fichue, DA partit en courant en direction de la montagne pour y crier son nom.

L'écho lui renvoya son cri monosyllabique.

DADA venait de naître.

SEXCRIT SUR DU VENT

à Douglas Sirk

Je viens d'avoir un enfant noir. Je ne sais pas comment cela a pu arriver. Si mon protecteur s'en rend compte, il me tuera. Si ma mère s'en rend compte, elle me tuera. Si la femme du sergent Torrejon s'en rend compte, elle me tuera. Si le sergent Torrejon s'en rend compte, il me tuera parce que je n'avais pas pris mes précautions. Je crois que je suis en danger.

Je me lève. Il fait froid à Madrid... Tout le froid de cet hiver s'est donné rendez-vous dans ma chambre. L'enfant, bien que noir, a les yeux bleus. Et il me regarde. Il a faim. J'appelle l'auberge Paixarinos. Elle est en face de chez moi. Je demande un peu de potée galicienne pour mon enfant.

Que puis-je faire ? Ma mère est sur le point d'arriver. Le téléphone sonne. Avec l'accent américain :

Lui : Comment vas-tu, mon amour ? As-tu bien dormi ?

Moi : John, tu te souviens de notre nuit ?

Lui : Oui, pour sûr...

Moi : Tu me l'as mise.

Lui : Quatre fois. Et toi aussi tu me l'as mise.

Moi : Eh bien moi, ce matin, j'ai eu un enfant !

Lui : Un enfant ?

Moi : Oui, un enfant noir, comme toi.

Lui : Si tu as un enfant, c'est le tien. Tu dois m'oublier, c'est tout.

Moi : Oui, mais c'est toi le père.

Lui : Écoute, tu ne veux pas qu'il t'arrive la même chose qu'à la fille « del crimen de la tinaja »...

Les Américains ne sont pas gentils. Je l'ai vu souvent, en lisant les journaux, mais je n'ai jamais voulu le croire. C'est un peuple de géants sans cœur. Mais comment l'expliquer à ma mère ? Elle découvrira que je suis une entraîneuse, que le loyer de l'appartement, je le paie avec mon con. Il faudra que j'abandonne tout, que j'abandonne l'Espagne, que je parte en un lieu où personne ne connaîtra ma vie passée. Je serai serveuse. Si au moins l'enfant était blanc ! Pourquoi un tel préjugé contre les Noirs ? Moi, ils me plaisent, les Noirs. Ils m'ont toujours plu. C'est pour ça que le sergent me plaisait.

Le noir m'a toujours bien été.

On frappe à la porte. A cette heure, qui cela peut-il être ? C'est le serveur de l'auberge Paixarinos. Un jeune garçon innocent qui m'aime autant que le football.

Un jeune homme sensible et qui sent le sandwich au jambon.

Le serveur : J'apporte la potée.

Moi : Ça sent bon.

Le serveur : Mangez-la vite. Elle est chaude. Je l'ai réchauffée pour vous.

Moi : Ne tombe jamais amoureux d'un Noir de la base. Continue de servir au restaurant, tu y ignoreras la méchanceté du monde. Tu peux encore être sauvé.

Le serveur ne comprend pas mais il est ému.

Le serveur : Vous avez mauvaise mine.

Moi : J'ai travaillé toute la nuit. C'était mon tour de garde à l'hôpital.

J'ai dû lui mentir.

Moi : Pars. Les clients t'attendent pour que tu leur serves leur petit déjeuner. C'est la meilleure façon de commencer la journée.

Il s'en va. Je me retrouve seule. Et j'aimerais le rester pour le restant de mes jours, seule. Mais mon protecteur va arriver d'un moment à l'autre. Il voudra que je lui donne de l'argent, il voudra rencontrer ma mère qui est venue à Madrid pour la communion de la fille de ma sœur. Je vis dans un monde hostile. Personne ne s'occupe de moi sauf quand il s'agit de me donner une raclée. Je serai femme de ménage. Heureusement, je rencontrerai en Allemagne une riche famille avec une dame qui me ressemblera et qui m'offrira ses vêtements. Je renonce au monde. Mon fils pleure. Et c'est la seule chose qui compte.

Il est en train de bouffer mes culottes. Le pauvre, il a faim. Je pose la potée galicienne à côté de la table de nuit.

– Mange, lui dis-je.

Il me regarde avec ses grands yeux bleus. Il sera mannequin, à moins qu'il ne soit danseur. Il séduira toutes les femmes des membres les plus éminents du gouvernement. Et je vivrai comme une reine ; mais quand je serai vieille, parce qu'avec la vie qui m'attend, la peau de mon visage sera vite abîmée. Dès que mon fils sera célèbre, il me paiera des liftings. Je dois me dépêcher. Je dois préparer ma valise.

Ça y est, elle est faite. Je sors dans la rue. Derrière la fenêtre, je vois le jeune serveur de l'auberge. Au revoir, auberge Paixarinos. Si j'avais été moins angoissée, peut-être me serais-je mariée avec ce garçon et aurais-je fini mes jours à traire les vaches dans les champs de Galice mystérieux et humides. Mais maintenant, c'est trop tard. J'ai été putain et j'ai eu un enfant. Le moment de me sacrifier est arrivé.

Adieu, maquereau. Adieu, maman. Adieu, sergent. Adieu, Madrid. Adieu, Espagne. Mes dents ne vont pas se mettre à tomber parce que je vais devenir femme de ménage en Allemagne !

LA PROMOTION

Je suis rentré à la maison, affaibli, comme toujours, par mon dernier voyage. J'ai abandonné mes valises dans le salon et avant même de refermer la porte, j'ai trouvé qu'il y avait quelque chose de bizarre. Un doute s'est emparé de moi : la maison avait changé. Je sentais dans l'air comme une présence, comme si je n'étais pas seul. A première vue, tout était à sa place, trop à sa place, comme lorsque votre assistante ou votre secrétaire a tout rangé à votre place. J'ai ouvert les fenêtres pour que l'air et les bruits entrent dans la pièce.

La première chose que je fais quand je rentre chez moi après un long voyage, c'est chier. Tel le chien de Pavlov, je me suis dirigé vers les toilettes, les yeux fermés. Assis, dans la même position que d'habitude, j'ai dû constater que rien ne sortait. A peine ai-je réussi à libérer deux ou trois pets secs et grinçants... Je n'ai pas insisté...

De retour dans le salon, je me suis vu dans le reflet du miroir de la salle de bains. J'avais raison ; un étranger était entré dans ma vie. Et cet étranger, c'était moi.

Je me sens toujours ainsi lorsque je parle ou qu'on me parle des sept films qui jusqu'à maintenant constituent ma filmographie. Sept films qui parlent de moi et de mes alentours. Tous reflètent le meilleur et le pire de ma personne. Malgré cela, j'ai l'impression de ne pas encore avoir raconté l'histoire que je prétendais vouloir raconter. Et je ne suis pas certain d'y arriver un jour, mais sans doute est-ce cela l'aventure du cinéma.

Si je suis satisfait de quelque chose, c'est bien d'avoir fait ce que je voulais faire. En bien ou en mal, ma trajectoire m'appartient et ne m'a en aucun cas été imposée. C'est un grand privilège, et pour rien au monde, je ne le changerais contre quoi que ce soit. Dans un pays où faire du cinéma tient du miracle, j'ai toujours décidé quel film je devais faire. Tout n'a pas toujours été facile, il m'a fallu souvent beaucoup d'entêtement, mais je dois reconnaître que la chance et un sens inné de l'opportunité m'ont largement aidé.

Mes films sont apparus sur les écrans espagnols alors que l'Espagne commençait à exciter la curiosité de ses voisins. Ce hasard m'aida beaucoup, je le sais.

Aujourd'hui, deux grands dangers me guettent : les Autres et Moi-même. Tout ce qui me vient de l'extérieur est aussi tentant qu'équivoque. J'aimerais que tout ce bruit multinational qui me poursuit cesse rapidement afin que les projecteurs surgissent avec plus d'authenticité. Beaucoup de propositions, toutes plus farfelues les unes que les autres, ne cessent de me perturber. J'ai plus que jamais besoin de réfléchir à ce que je veux faire et d'agencer ma vie au milieu de toute cette agitation, comme je l'ai toujours fait jusqu'à présent. Ma décision immédiate consiste à prendre possession de mon propre terrain. Un espace aux dimensions intimes, sourdes au tapage provoqué par mon dernier film. Pour le reste, tout n'est qu'opportunité.

Le deuxième danger : c'est moi-même. Je ne veux pas que mon œuvre future soit contaminée par ma fuite intérieure, par ma propre contemplation. Ces moments d'intimité sont si rares, qu'il serait dangereux de les valoriser davantage.

Le mieux serait que je me plonge dès que possible dans mon prochain film et que j'enchaîne immédiatement avec le suivant. Jusqu'à maintenant, un film m'a conduit à un autre film, en un processus des plus naturels, et sous l'œil du public. Il n'y a là cependant aucun calcul : il est impossible de calculer une trajectoire aussi imprévisible que celle de la cinématographie.

Pepi, Luci, Bom et autres filles du quartier marque mes débuts dans le circuit commercial et ne fut que la continuation logique de ma période super-huit.

L'histoire pourrait se passer dans n'importe quelle grande ville, mais les détails n'appartiennent qu'à Madrid, à l'époque dorée du pop madrilène, de la culture punk, des comics et du feu d'artifice général. La modernité mélangée au brasero, les fêtes et les mannequins extravagants unis à la solitude de deux filles qui font cuire de la morue et du pilpil.

Dans *Labyrinthe des passions*, j'ai poursuivi ma traversée de l'esthétique pop typiquement urbaine, adoptant, pour l'occasion, une tonalité délibérément rose. *Pepi* prend sa source dans la pop dure new-yorkaise de la fin des années soixante. Dans les deux films apparaît, mais masquée, une de mes préoccupations : la fragilité des relations à l'intérieur du couple ; le tout raconté par deux filles autonomes, énergiques et très seules.

Avec *Dans les ténèbres*, j'ouvre mon cœur et je commence à aborder, avec moins de pudeur, les douloureux chemins de la passion. J'ai recours au boléro – expression paroxystique immédiate de ce que je veux raconter – et me déplace, caméra au poing, au cœur même de l'univers dans lequel vivent les acteurs principaux. Je me rapproche du *mélodrame*, un de mes genres favoris et du musical kitsch (il a toujours été très présent dans mes films). Je change d'univers et d'esthétique avec *Qu'ai-je fait pour mériter ça ?*, mon film aux préoccupations sociales le plus évident.

C'est en 1984, alors que j'étais au sommet de ce courant qu'on a appelé la « modernité », que j'ai décidé de dévoiler mes origines populaires. Le producteur a trouvé très dangereux que je change ainsi d'esthétique et de motivations, mais les critiques et le public ont été émus de découvrir que je ne cachais pas mes racines. Le thème est très classique. Il s'agit de raconter l'émigration d'une famille rurale vers la grande métropole et sa lutte pour sa survie. Tout le monde a en tête *Rocco et ses frères*. J'ai essayé de créer une forme de « néo-réalisme réformiste » autour d'un personnage central qui m'a toujours intéressé : la femme au foyer, à la fois maîtresse de maison, femme et victime de la société.

Matador a supposé un changement radical et risqué. C'est le plus abstrait de mes films qui parle cependant de quelque chose d'absolument concret : le plaisir des sens. C'est un film très fin, très dur, une tragi-comédie dans laquelle la mort est conçue comme un moteur de l'excitation sexuelle. Sur le ton de la légende, *Matador* est l'autre face de *La Loi du désir*, film, lui, très naturaliste qui parle d'une abstraction : le désir. Ce ne sont pas des films moralistes bien que dans les deux les héros doivent payer un prix très élevé pour satisfaire leur passion.

Puis vint *Femmes au bord de la crise de nerfs*, une comédie légère ; la consécration, le bruit, les prix. La saturation.

A ceux que mon cinéma intéresse, je voudrais rappeler la fidélité de certains collaborateurs sans lesquels mes sept films n'auraient jamais pu être tournés : Pepe

Salcedo, monteur ; Angel Luis Fernandez et José L. Alcaine, opérateurs ; Carmen Maura, Julieta Serrano, Chus Lampreave, Kitti Manver, Eusebio Poncela, Antonio Banderas, Bibi Anderssen, Verónica Forqué, María Barranco, Rossy de Palma, Loles León, Bernardo Bonezzi, Carlos Cambrero, Cossío, Esther García, etc., et mon frère Augustín.

CONSEILS
POUR DEVENIR UN CINÉASTE
DE RENOMMÉE INTERNATIONALE

LA VOCATION

Un jour, quelqu'un en pleine crise de désespoir m'a demandé un conseil. Je n'ai su que lui répondre et lui ai dit quelque chose qui n'a fait que le désespérer davantage.

Par exemple, un ami vient me voir et me confie qu'il veut se suicider parce que *cela* n'en vaut vraiment pas la peine. Après l'avoir regardé d'un drôle d'air – parce que je n'aime pas que l'on se fasse autant confiance les uns les autres –, la seule chose qui me vienne à l'esprit, c'est de lui donner raison et ainsi de le pousser malgré moi au suicide. Je suis trop sensible.

De telles choses me rendent malade. Et même si les gens souffrent beaucoup, je n'aime pas qu'ils se suicident. Il y a quelques années, j'ai, pour cette raison, traversé une sorte de crise, et je me suis juré de ne plus jamais donner de conseils. Et comme toutes mes promesses précédentes, je lui ai bien sûr été infidèle ! C'est arrivé lors d'une interview[*] de Mercedes Mila pour « *Buenas Noches* ». Elle m'avait demandé de donner quelques conseils aux jeunes filles qui, comme elle, souhaitaient être à la page. J'ai répondu du tac au tac. Certains de mes conseils furent très commentés, d'autres appliqués à la lettre, surtout en province ! Par la suite, beaucoup de gens m'ont félicité et j'ai fini par me réconcilier avec ce sous-produit moral qu'on appelle le *conseil*. Le programme de Mila m'a fait comprendre qu'un conseil ne te conduit pas irrémédiablement au suicide. Et ce n'est qu'avec les années que j'ai appris certaines choses, notamment qu'on ne doit pas trop prendre les autres au sérieux et qu'il faut savoir utiliser l'ironie pour se défendre. Au fond, c'est grâce à mon ironie que certaines petites provinciales sont devenues « modernes » et sont à présent heureuses de vivre à Madrid. Si tu veux être cru avec dévotion, ne parle jamais sérieusement.

Il y a trois ans, j'ai réalisé un film, *Labyrinthe des passions*, qui affirmait : Madrid est le centre de l'univers et tout le monde y vient pour s'amuser ! Beaucoup l'ont cru et aujourd'hui on ne compte plus les revues qui ne parlent que de cela.

Encouragé par ce premier succès, et bien que la période des vacances d'été ne soit pas la meilleure saison pour tout ce qui touche aux médias et à l'information, je monte sur le podium que m'offre le complément culturel le plus important du pays et m'engage à donner une foule de conseils à ceux qui sont nés dans un petit village et qui veulent devenir des metteurs en scène célèbres de renommée internationale. Ce qui signifie que ces conseils sont valables pour tout le monde.

I

Avant de devenir une « valeur-qui-monte » ou simplement un « jeune-espoir-de-quarante-ans-devenu-réalité », tu dois te convaincre que tu possèdes ce dont personne ne parle : la vocation. La « vocation », c'est quelque chose de profondément « bon » qui ne te vient ni de ton père, ni de la société dans laquelle tu vis, ni de ton fiancé.

COMMENT DÉCOUVRIR QUE TU AS LA VOCATION ?

Tu nais un jour et tu regardes autour de toi avec ce regard méchant et plein de rancœur propre à un être innocent et sans expérience. Tu découvres que tu ne veux être ni ingénieur, ni médecin, ni avocat. Que tu n'es pas non plus particulièrement attiré par la poste de ton village. Quant à l'idée de devenir laboureur : elle te rend fou. Tu découvres, non sans douleur, que tu es différent.

Ceci est un des symptômes, que je qualifierais d'« alarmant » et qui témoigne d'un certain type de « vocation ». Mais tu ne peux encore être certain qu'il s'agit bien du virus du cinéma. Avant, tu dois franchir des tonnes d'épreuves que la *vie* ne va pas tarder à mettre sur ton chemin.

II

COMMENT SURMONTER CES ÉPREUVES ET TE CONVAINCRE QUE TU AS BIEN LA VOCATION ? COMMENT ÉVITER QUE TU NE POURRISSES DANS UN PETIT VILLAGE ?

La vie en province n'est intéressante que pour ces artistes qui, en plus de l'écriture, aiment la chasse et la pêche, ou pour tous ceux qui, effrayés par la complexité de la vie moderne, se réfugient dans les problèmes familiaux qui vont leur permettre d'écrire un roman « cruellement réaliste » qui sera certainement adapté à l'écran et recevra de nombreuses subventions de l'État. Mais pour un garçon qui veut triompher à Los Angeles ou à Tokyo, la vie dans un village est réellement une perte de temps. Par conséquent, son premier objectif doit être de fuir sa campagne le plus tôt possible. Il faudra pour cela qu'il attende ses quatorze ou quinze ans. Pendant ce temps, la seule chose que tu aies à faire (excuse-moi de te tutoyer), c'est de lire des *best-sellers*, de te baigner dans la rivière, d'avoir un profond mépris pour tes camarades d'école, d'apprendre par cœur tous les films de Mae West et de Bette Davis, d'utiliser leurs dialogues toutes les fois qu'un professeur te pose une question, et surtout, chaque jour, de désirer plus que tout de perdre cette atmosphère de vue et de faire de Madrid, de Londres, de New York, de Tokyo, ou de Vigo, des villes mythiques. Enfin, ne pas croire ceux qui t'assurent que l'Albanie est un pays franchement divertissant, ni ceux qui essaient de te convaincre que les meilleurs groupes de rock et les meilleures drogues sont en Pologne ou que la nouvelle mode tchèque est en passe de détrôner les stylistes italiens.

Tu as maintenant quatorze ou quinze ans. La vie champêtre t'a beaucoup développé physiquement. Ton esprit, au contraire, est aussi vide que le jour où tu es venu au monde. Il est temps de délaisser ta famille et ton village. L'heure est venue de monter, à l'aube, dans le car qui te conduit à la capitale et de te promettre de ne plus jamais revenir. Tu regardes au travers de la vitre et c'est comme si ta propre vue effaçait tous ces paysages que tu crois voir pour la dernière fois. Tu te trompes car la mémoire est quelque chose que l'on possède malgré soi. Mais au fond de toi-même, tu sais que tu te souviendras peut-être de tout cela, mais dans le seul but de réaliser peut-être un jour un film faussement « rural » dans lequel tu tourneras en dérision ses soupes trop lourdes, ses jambes couvertes de varices, son obésité et sa mauvaise haleine. Toutes ces valeurs hautement morales dont on ne parle jamais dans les films traitant de la tradition paysanne...

Tu es arrivé à Madrid. La vie ne te sourit guère mais tu es heureux, bon, enfin tu commences à faire partie d'un décor que tu n'avais jusqu'alors qu'entrevu à la télévision ou dans les revues.

LA VILLE

Ta seule expérience, comme écrivain, se réduit à quelques lettres qu'une voisine analphabète t'a demandé de rédiger à l'adresse de ses parents vivant en Allemagne. Cependant, tu as déjà un pied à Madrid et, malgré ton jeune âge, tu dois, entre autres choses, te sentir et te comporter comme un écrivain blasé.

Imagine-toi qu'à la gare routière (ces choses arrivent fréquemment dans ces grandes villes), tu rencontres une « star déchue » qui vient chercher son « chauffeur », natif, tout comme toi, d'une région éloignée de la capitale. Tu reconnais la « star déchue ». Tu as vu plusieurs de ses films à la télévision lors d'un cycle Alfonso Paso. Tu ne reconnais pas le garçon qu'elle est venue chercher, mais tu devines quel est son véritable métier. Tu le devines dans ses yeux à elle, et dans le regard qu'elle te lance. Sans douter d'elle-même, elle s'approche et te demande :

– Tu cherches du travail ?

– Oui.

– Que sais-tu faire ?

– Je suis artiste.

– Quel genre d'artiste ?

– Scénariste, metteur en scène et parfois, mais seulement avec mes amis, acteur et mannequin.

– Tu ne trouves pas que ça fait un peu trop ?

– Non, ma soif d'expériences est inépuisable.

Ce n'est pas une phrase à toi, mais peu importe. Elle ne le sait pas, elle est pratiquement aussi analphabète que toi. Elle a pour elle un passé mouvementé et beaucoup d'argent sale. Et toi, tu n'as qu'une ville énorme qui ouvre sa gueule prête à te dévorer. Mais ça, tu ne le sais toujours pas, tu sais seulement que tu veux vivre. Certains films te remontent en mémoire, dans lesquels des gens voulaient en somme la même chose que toi...

– J'aime les gens qui ne s'épuisent pas, dit-elle, faisant allusion à ta dernière phrase, mais ça ne me gêne pas qu'on en parle. La bouche n'a pas été faite que pour parler, loin de là. Aussi ne parle-t-on que lorsqu'on ne sait pas quoi faire d'autre. Je donnerai à ta bouche et au reste de ton corps une occupation particulière. Mais pas ici. J'ai dépassé le stade des W.-C. de gare. Viens avec nous.

Ainsi, te voilà parti, avec elle et son chauffeur qui semble être plus sensible que toi (et sans la moindre vocation artistique, tu t'en rends immédiatement compte), peut-être aussi beaucoup plus résigné que toi à sa condition d'objet fibreux.

La maison est immense. Il y a une piscine, un jardin un garage, des escaliers et des photos d'elle partout ; beaucoup de photos. Et un vieux serviteur qui a été en prison parce qu'il a volé ses bijoux, mais qu'elle a repris généreusement à son service après avoir récupéré son bien.

Pour on ne sait quelle raison bizarre, tu ne veux pas coucher avec elle. Ni même avec elle et son chauffeur en même temps. Et tu le montres très clairement.

– Je vous ai déjà dit que je suis un artiste.

– Moi aussi, mais ça n'empêche pas qu'on peut s'amuser ensemble.

Comme tu peux le constater, elle ne se trouble pas. Elle est riche et se sait forte. Tu ne sais que lui dire. Près de toi, il y a une bibliothèque avec plusieurs exemplaires de ses Mémoires. Tu en prends un. Tu te demandes si tu vas le lui lancer à la tête ou si tu vas l'emporter dans ta chambre pour le lire. Mais, soudain, tu as une idée. Un jour, tu as vu à la télévision *Le Crépuscule des dieux* et tu t'es beaucoup identifié au personnage joué par William Holden. Sans hésiter, tu déclares :

– J'adapterai vos Mémoires. Si ça ne vous fait rien, je commencerai à travailler dès demain. Aujourd'hui, je me sens fatigué.

Et tu te retires dans ta chambre.

Une fois seul, tu comprends que tu ne contrôles pas la situation.

Tu n'es pas habitué à de si vastes maisons ni à des dames si obscènes.

Tu découvres que tu es un enfant, que tu n'as aucune expérience et que, ton insolence exceptée, tu n'as d'autre arme que ton corps. Quelqu'un frappe à la porte de ta chambre avec l'intention de prendre sa part du gâteau.

A ce moment précis, ou un peu avant, tu dois te poser la question suivante :

SUIS-JE DISPOSÉ À EXERCER LE PLUS VIEUX MÉTIER DU MONDE, C'EST-À-DIRE : LA PROSTITUTION ?

Si la réponse est positive, l'heure de te mettre au travail est venue.

Avec l'argent que tu extorques à cette dame lubrique et à quelques-uns de ses amis, tu peux t'inscrire dans un gymnase, donner des cours de danse, te faire un book, passer une annonce, entrer comme serveur de nuit dans n'importe quel bar à folles, rester dix ans à lire les journaux de mode, à boire des verres, à te droguer, et découvrir que, pendant tout ce temps, tu n'as rien écrit, pas même une B.D. et que tu n'as surtout tourné aucune image. Même si tu as « travaillé » comme employé dans une boutique et bien que tu aies fait une fois la couverture d'une revue pour midinettes. Tu t'en souviens. C'était au cours d'une de ces nuits, tu avais fait la conquête de la célèbre starlette A.O... Un free-lance vous avait fait une séance de photos... elle avait dit que tu étais un producteur américain et que vous alliez vous marier d'un jour à l'autre... Fermons la parenthèse.

Si la réponse est négative, tu dois, sans attendre, abandonner la maison. Le chauffeur te donnera mille pesetas parce que tu lui as fait de la peine, parce qu'il est très sensible et qu'il est très ému par l'intégrité manifestée parfois par les autres garçons. Il te recommandera un hôtel où tu pourras passer la nuit et, le lendemain, tu te retrouveras avec d'autres garçons qui sont dans la même situation que toi, mais qui ont sans doute plus d'expérience.

Tu sors faire un tour avec eux. La ville est belle et tu te sens libre. Ça te plaît. Mais tu ne peux pas rester inactif. Tes amis font du trafic de drogue. Tout naturellement, ils te proposent d'entrer dans le « business ». C'est ici que tu dois te poser la deuxième question importante :

SUIS-JE PRÊT À DEVENIR REVENDEUR, TRAFIQUANT, DEALER, À PRENDRE UN TEL RISQUE ?

Si la réponse est positive, il n'y a pas de problème.

Le moment est venu pour toi de savoir si ce qu'on raconte sur le monde de la drogue est vrai. Tu cours le risque qu'un décorateur pleurnichard auquel tu as vendu de la coke tombe amoureux de toi et veuille jouer au pygmalion ; mais dans ce cas, attention, tu reviendrais à la situation initiale, donc, n'oublie pas de te poser la question numéro un à nouveau. N'oublie pas non plus que tu n'es pas prêt à perdre du temps et que de plus tu as peur.

Ce qui est positif dans la peur, c'est que parfois, elle t'évite de faire des choses que tu n'aurais pas dû faire. Ce qui est négatif, c'est que parfois, elle t'empêche de faire des choses que tu aurais dû faire. Peu importe la raison. Si la réponse est négative, il ne te reste qu'une solution : être fidèle à la parole que tu as donnée à ton père, c'est-à-dire d'aller chez une de tes tantes qui vit à San Blas et de t'installer là-bas, en leur annonçant hypocritement que tu es venu suivre des cours de comptabilité et apprendre à taper à la machine (à écrire, pas à coudre) afin de travailler dans une banque. Pour te payer tes études et les fournitures dont tu as besoin, ton oncle maçon t'emmènera travailler avec lui. Tu devras alors simuler la satisfaction.

Avant de te coucher, tu vas faire un tour dans le quartier. Les gens que tu rencontres ressemblent trop à ceux que tu as connus dans ton village, à la différence près qu'ils marchent plus vite et sont de mauvaise humeur. Une voix intérieure te dira : « Fais ce que tu dois faire, tu ne pourras te soustraire à ton médiocre destin. » Dans toute l'histoire du cinéma, on n'a jamais vu aucun metteur en scène qui ait d'abord été maçon !

Certains ont été monteurs, joueurs invétérés, aristocrates communistes, petits architectes, mais maçon... jamais ! N'écoute pas cette voix ! Retourne chez ta tante, enferme-toi dans ta chambre et couche sur le papier toute la tristesse que tu ressens. (Autre conseil : ne publie jamais ces premières pages. Elles n'ont qu'un seul rôle à jouer : être les premières pages.)

Après, tout sera plus facile, tu devras seulement attendre dix ans de plus pour commencer à faire partie de la « Movida ». Mais tu es déjà sur le chemin. Tu passeras d'un emploi à un autre. Tu connaîtras beaucoup de gens. Tu coucheras avec la moitié d'entre eux. Quelqu'un t'emmènera voir *Pepi, Luci, Bom et autres filles du quartier* et *Labyrinthe des passions*, et tu seras « moderne » du matin au soir, tu liras beaucoup de livres et tu te présenteras avec succès au concours d'entrée d'une banque ce qui, curieusement, te tranquillisera. Et, alors que tu t'y attendras le moins, le cinéma viendra à ta rencontre. Ça se passera dans une discothèque. Un type mal rasé s'approchera des vingt garçons qu'il trouve le plus à la mode (tu en feras partie) et vous fera faire de la figuration dans un film au titre non équivoque : *Quelle foire, mec, vas-y à fond !*

Tout, dans ce film, de la production au tournage, est complètement foireux. Mais pour la première fois, tu vois une caméra.

ALORS, TU EN ES CERTAIN : CET APPAREIL ET TOI, ÊTES NÉS L'UN POUR L'AUTRE.

TROP, C'EST TROP

Nous passerons sous silence les années durant lesquelles tu as fait de la vidéo domestique et du super-huit. Généralement, tu racontes les histoires que tu as vues, ou plutôt telles que tu les as vécues. Tes amis commencent à te reconnaître du culot et un certain talent. De la radinerie au luxe il n'y a qu'un pas, que ta grâce et ton originalité te font franchir sans peine.

Tôt ou tard, le virus de la création va te pousser à faire quelque chose. Tu le sens. Tu envisages de tourner un film en vidéo. Tes amis joueront tous les rôles. Mais ils sont tous, comme toi, attirés par les gloires du monde et ils te convainquent de faire le saut définitif vers le grand écran.

– Nous le tournerons en 16 mm et nous boufferons le monde comme s'il n'était qu'une misérable merde de chien !

Vous inventez un nouveau système de production : le « pourboire ». Vous demandez de l'argent à tout le monde en promettant aux généreux donateurs un petit rôle, et mille pesetas par-ci, et mille pesetas par-là... Mais tu as une meilleure idée. Le groupe « Mécano » donne une fête dans une grande villa pour montrer à la face de la terre que ce sont eux les seuls vrais « modernes ». Il ne manque personne. Pour la première fois, tous les groupes travaillant à Madrid, bons ou mauvais, sont réunis. On trouve aussi des directeurs de maisons de disques et surtout énormément d'alcool et de pétards. A trois heures du matin, quand les gens commencent à confondre la piscine et les verres de whisky, tu deviens maître de la situation, et, comme s'il s'agissait d'un numéro de plus à la fête, tu exposes ton idée.

– Ce que je vais vous proposer vous l'avez déjà fait en d'autres lieux et ça a très bien marché, dis-tu en guise d'introduction. Notre début dans le cinéma, ça ressemble un peu à la famine en Éthiopie. Je propose de faire une vidéo et un disque auxquels collaboreront toutes les stars et toutes les étoiles du firmament musical madrilène. Les bénéfices de l'opération serviront à financer *La Guerre des cosmétiques*, titre de mon premier long métrage. Je m'engage à inclure dans la bande sonore du film, bien que ce soit de la merde, la chanson et la vidéo. L'une servira à la promotion de l'autre.

– Et si on coule ? demande quelqu'un.

– Si on coule, ce ne sera pas grave parce qu'on ne peut pas couler plus bas !

L'idée amuse tout le monde, et tous t'offrent leur collaboration. Toi, tu es très excité par tout ce que tu as récolté ; tu proposes de travailler tout de suite. Carlos Berlanga et Tino Casal, les seuls qui par timidité ne se sont pas encore soûlés, se retirent dans la cuisine pour composer le thème de la chanson. En moins de deux, ils font exprès de composer une mélodie qui ferait rougir de honte le jury du prix Eurovision. En compagnie de Nacho Canut, de Santiago Auserón, de Vicente Molina et de Marisa Medina, tu t'enfermes dans la salle de bains afin d'écrire les paroles. A huit heures du matin, vous répétez assis sur les traces de vomissures qui maculent la pelouse. Les managers des maisons de disques prennent le sujet très au sérieux : eux seuls peuvent décider du démarrage du projet. Vous vous donnez rendez-vous deux jours plus tard dans un studio d'enregistrement.

DEUX JOURS APRÈS, Paloma Chamorro te prête son équipe pour que tu puisses commencer à travailler, mais tu ne peux malheureusement enregistrer qu'une partie de ton désespoir car, exception faite de Poch qui ne savait pas où aller à cette heure, personne ne vient au rendez-vous. Alaska n'est toujours pas revenue de Londres où elle s'est fait couper les cheveux. Marisa Medina croyait qu'il s'agissait d'une plaisanterie. Carlos Berlanga ne s'est pas réveillé. Nacho Canut refuse d'être filmé ; il déteste les caméras. Santi Auserón pense que cela peut briser la cohérence de sa carrière. Javier Gurruchaga qui essaie de perdre dix kilos n'en a perdu ces derniers jours que deux. Rubi a eu une crise de nerfs chez Antonio Alvarrado et attend qu'on finisse de lui tailler son costume. Les Gabinete refusent, parce qu'ils trouvent la chanson trop légère. Les Vulpes préparent leur *come-back* et préfèrent le faire seules. Bernardo Bonezzi exige un contrat qui lui assure les cent premiers gros plans sur sa joue gauche, faute de quoi il ne chantera pas.

Il ne reste donc d'autre solution que de reporter l'enregistrement à la semaine prochaine. Vous n'avez pu prendre qu'une photo : elle réunit Poch, Paloma Chamorro et toi pour le reportage de « *Vanity Fair* ». Finalement, Fani Magna arrive ! Elle demande cent pesetas au technicien du son et en moins d'une demi-heure improvise un LP avec Poch, qui fera une fantastique bande sonore. En fin de compte, la journée n'est pas perdue...

LE LENDEMAIN MATIN, vous arrivez à enregistrer la chanson. Le studio d'enregistrement se transforme en un vrai champ de bataille. Comme tu es très étourdi, tu as enregistré sur une piste les insultes de la star et sur une autre les coups divers qu'ils se sont donnés. Lors des séances de mixage, tu donnes plus d'importance à tous ces bruits qu'à la mélodie proprement dite et c'est une bonne idée puisque *La Guerre des cosmétiques* est un film de guerre. Une chanson aussi violente trouve ici parfaitement sa place. Maintenant parlons pour commencer du thème que tu as choisi. Les distributeurs t'ont proposé plusieurs options : un roman espagnol qui traite des problèmes de la jeunesse (il suffit de puiser dans l'œuvre de Martín Virgil) ; la suite d'*Opera Prima* ou quelque chose qui ressemblerait au *Crime de Cuenca* ou à *La Vaquilla*. Ils ne refuseraient pas non plus un remake des *Saints innocents*. Tu reconnais que tu es incapable d'assumer de telles entreprises et tu ne veux à aucun prix perdre ta liberté de création. Les distributeurs n'en ont rien à faire, mais à présent tu assumes pleinement ta marginalité. Tu te sens plus américain que Warhol et tu avoues que la guerre du Viêt-nam est celle qui a eu le plus d'influence sur toi. Et c'est d'ailleurs le sujet de ton film.

CE SERA un film belliciste. En toile de fond : la guerre du Viêt-nam. Mais la guerre dont tu parleras sera plus ancienne : c'est celle que se livrent depuis des millénaires les hommes et les femmes.

Les infirmières qui sont au front ne s'entendent pas avec les soldats, et elles refusent ce destin de la femme américaine, qui consiste, en de telles circonstances, à panser les plaies de leurs hommes. Elles, qui sont toutes lesbiennes, supportent mal de passer autant de temps à l'hôpital alors que les autres ont la joie de pouvoir tuer des Vietnamiens.

Un jour, on annonce l'arrivée de Raquel Welch et de Charo Baeza qui viennent chanter et danser pour les soldats. Les infirmières se fâchent et prennent la parole : « La femme américaine se borne en temps de guerre à ne jouer qu'un rôle d'infirmière, mais en plus elle est condamnée à montrer ses fesses à la troupe pour la divertir ! Décidément, c'est trop ! »

Les Vietnamiens ne sont pas étrangers à ces mouvements de protestation. Ils savent que le moral des soldats américains serait au plus bas s'ils parvenaient à kidnapper les deux sexe symboles. Par on ne sait quel tour de passe-passe, Raquel et Charo, qui viennent à peine d'atterrir dans la forêt, disparaissent aussitôt ainsi que leurs accessoires, parmi les buissons que le napalm n'a pas encore brûlés.

Cet incident a donné aux infirmières l'occasion de faire une démonstration de leur férocité stratégique. Après s'être chargées d'éliminer les Vietnamiens, elles récupèrent les deux artistes.

Les deux stars leur sont très reconnaissantes. Les infirmières saisissent leur chance au vol, leur bourrent le crâne et tentent de les convertir au féminisme le plus virulent. Mais les stars ne perdent pas de vue le but de leur voyage. Elles ne sont pas arrivées à ce point de leur carrière pour tout faire échouer sur un coup de tête.

– Nous sommes avant tout des artistes, dit Raquel, et nous sommes là pour que ces militaires soient heureux et passent un bon moment en notre compagnie. Nous ne comprenons rien à la politique ; n'est-ce pas, Charo ?

Charo Baeza dit « oui ! » ; c'est l'Homme avec un grand H qui l'intéresse, l'Homme abstrait, et non l'homme au quotidien.

– Ah oui ? lui répond la leader des infirmières, qui est la plus simple de toutes. Si vous êtes de si bonnes artistes, vous n'avez pas besoin de toutes ces babioles !

Et elles leur confisquent leurs chaussures à talons, leurs trousses de maquillage et leurs costumes de scène.

– Sans les chaussures et sans le maquillage, nous sommes perdues ! s'exclame Raquel.

– Je refuse de me produire pieds nus et sans maquillage, avertit Charo. C'est une question de principe, d'éthique.

– Pour qui nous prenez-vous : pour Joan Baez ? dit Raquel, qui en veut horriblement aux infirmières.

– Ce sera comme ça et pas autrement ! lance la leader.

Et elle les « confie » bientôt aux soldats. Et Charo et Raquel répètent que sans chaussures à talons ni costumes de scène, elles refusent de se produire. Et elles exigent qu'on les renvoie à Las Vegas. Personne n'arrive à les convaincre de monter sur scène déguisées en soldat ou en infirmière.

– Vous pouvez faire un strip-tease. Peu importe comment vous êtes vêtues, ce qui compte c'est le reste, dit, goguenard, un capitaine.

– Demande à ta mère de se déshabiller à ma place ! lui répond Charo Baeza, dans un anglais parfait.

Il n'y a RIEN à faire. Les « Sexy Bouchons », comme

les appellent les infirmières, sont renvoyées aux États-Unis où elles deviennent pacifistes et chapeautent toutes les manifestations organisées contre la guerre qui, selon leurs propres déclarations, leur propre expérience, « n'a ni queue ni tête ».

Il arrive beaucoup d'autres choses encore, mais il n'y a pas assez de place pour tout raconter ici.

Bien qu'une centaine d'amis t'aident à financer le film, tu mets un an et demi avant de donner le premier tour de manivelle. Tu choisis pour le scénario vietnamien la Maison de Campagne et le Lac. Fani Magna joue le rôle de la leader féminine. Olvido et Popocho, ceux de Charo Baeza et de Raquel Welch. Willi Montesinos est un officier américain et plusieurs groupes *heavy* font les Vietnamiens.

Ce film, tu as cru ne jamais pouvoir le finir, mais pourtant, un jour il est terminé. Puis, tu penses qu'il ne sera jamais distribué. Mais une circonstance favorable va t'y aider. La « Movida », morte depuis deux ans, redevient à la mode. On projette ton film dans une salle de cinquième catégorie. Beaucoup de jeunes y viennent parce qu'ils ont tous l'ami d'un ami qui y a travaillé. Les critiques soutiennent que c'est une horreur. C'est la meilleure des publicités ! Tout le monde se rue sur ton film ; certains vomissent, d'autres se tordent de rire. Tu continues de travailler à la banque. Tu n'es pas certain que tant d'années d'attente ont servi à grand-chose, mais comme tu t'ennuies beaucoup au bureau, pendant ton temps libre, tu commences à écrire un autre scénario. Tu ne pourras sans doute pas recommencer l'expérience précédente. Mais tu as pris l'habitude d'écrire pour tuer le temps et c'est ce qui compte : ne pas trop s'ennuyer parce que l'ennui, comme le disait Gonzalo Suárez, est la pire des maladies, la seule qui te permette de continuer à vivre après que tu es mort.

SOLITUDE AU SOMMET

Comme le temps passe vite : cinq ans se sont écoulés depuis *La Guerre des cosmétiques* ! Tu as déjà écrit et dirigé cinq autres films. *Chirla de mon cœur*, un poème érotique (les relations entre un père-génial et une fille-mongolienne, dans la lignée d'*Élise, mon amour*) tourné en Galice ; une des sept merveilles du monde. *Halitosis*, un film d'horreur un peu ambigu, tourné à Odorana. A l'odeur pestilentielle de l'actrice principale, traumatisée par ses caries dentaires, répond la brise rafraîchissante d'une autre merveille : les Canaries. *All you need is* TO KILL (tout ce dont tu as besoin, c'est de tuer) ; les critiques ont été très sévères en Californie, à Katmandou et à Ibiza. Il faut dire que le sujet était un peu hard... Une nourrice de bonne famille, qui promène la petite dernière. Nelsy, un morceau de viande de trois ans, en profite pour rendre visite à sa cousine qui vit dans une communauté hippie adepte de certains rites sataniques. A peine arrivée à la porte de la communauté, elle est frappée d'amnésie et elle abandonne la fillette qu'elle ne reconnaît plus. Les hippies découvrent Nelsy et décident de célébrer un de leurs rites initiatiques en offrant en sacrifice le sang innocent de l'enfant. Nelsy, malgré son jeune âge, se débat comme elle peut, mord ses agresseurs jusqu'au sang, les frappe avec ses petits poings et finit par s'enfuir. Elle revient à la maison, saine et sauve mais profondément traumatisée. Après avoir passé quelques mornes années en Suisse, elle retourne à Madrid et commet plusieurs meurtres sanglants. Il lui suffit d'apercevoir une breloque, une tunique ou une chevelure crasseuse pour qu'elle plonge immédiatement dans le crime le plus affreux, la seule façon pour elle de se réaliser.

Ton quatrième film a constitué aussi un véritable document sur la solitude de l'âme féminine. *C'est mieux seule* est inspiré de la biographie de Christina Onassis et est presque entièrement tourné dans la cale d'un navire où elle se séquestre elle-même afin de fuir une bande de tarés. Tu as eu beaucoup de problèmes avec la Société protectrice des animaux britannique car, dans une scène, on voit Christina avoir un dialogue des plus sincères avec une souris, finir par se battre avec elle, la tuer et la manger.

Tu as prouvé enfin que tu étais capable de tourner un film exquis : *La Femme équitable* ; une comédie aseptisée du genre Doris Day-Rock Hudson, dans laquelle un personnage féminin réellement passionnant tente de faire passer le message suivant : « Il faut être équitable et juste. C'est parce que je le suis que rien n'est assez bon pour moi, quant aux autres femmes, elles peuvent toujours ramasser les miettes. »

Tous tes films ont fait des bénéfices. Avec toi, aucun producteur n'a perdu de l'argent. Tu as créé un nouveau style. Les instances culturelles et la télévision t'ignorent, mais il n'est pas un jour où tu n'apparaisses pour proférer une de tes paroles immortelles. Les cassettes vidéo de tes films se vendent à prix d'or au marché noir en Albanie. Dans ton propre pays, les gens se sont lassés de te détester et tout le monde a fini par t'aimer.

Tu y es même très à la mode (quand quelqu'un te demande ce qui se passera dès lors que tu ne seras plus à la mode, tu réponds : « Je désire ne plus être à la mode afin de devenir un classique »). Ça fait maintenant deux ans que tu as demandé à la banque qui t'emploie ta mise en disponibilité. On ne te décerne aucun prix mais on t'invite à toutes les premières. TU ES ARRIVÉ. Mais ta situation reste fragile. C'est une chance que quelqu'un comme moi puisse te prodiguer quelques conseils. Dès lors, le principal danger va venir des AUTRES. Qu'ils soient journalistes, fans ou compagnons de route. Beaucoup de grands metteurs en scène n'ont pas réussi à franchir ce cap et n'ont plus tourné aucun film tout simplement parce qu'à la sortie d'une projection privée ou d'une première, ils n'ont pas su trouver les mots justes.

Si un journaliste (ce sont les pires) te parle de ton succès, réponds : « On se sent si seul au sommet ! » Montre-toi humble, même si tu n'en penses pas un mot. S'il le faut, invente-toi une bonne maladie (surtout après avoir obtenu un gros succès), les gens acceptent difficilement la réussite des autres. On te la reprochera ; tu devras toujours avoir une raison de te plaindre. Évite, autant que faire se peut, toutes références au « je me suis fait tout seul ». Il n'y a rien de plus antipathique que le *self-made-man*. Tout le monde sait que tu viens d'un petit village, d'une famille de paysans, mais c'est de très mauvais goût que de le rappeler sans cesse ; n'oublie jamais que tu rencontreras de riches héritiers brûlant du désir de tourner un film, mais qui laisseront tomber en cours de route, car pour faire du cinéma, il ne suffit pas d'avoir un père riche.

Après le succès de tes cinq premiers, l'idéal serait que ton visage porte les marques de l'anxiété. Même si ton corps conserve une certaine tenue, je te conseillerais de prendre quelques kilos car il est de bon ton de voir dans l'obésité une pointe d'humiliation et de génie. Et en plus cela te va comme un gant. Tu deviens une idole et tu dois le rester. On te demandera de faire partie d'un jury destiné à primer des courts métrages... Tu dois donner l'impression que rien ne te ferait plus plaisir que de donner un coup de main à ces garçons qui rêvent de se retrouver un jour derrière une caméra. Mais la réalité est tout autre : il y a déjà un génie dans ce pays, toi, et ça suffit ! La vraie compétence te fait peur, ce qui est très désagréable. Aussi accorderas-tu toujours le premier prix au court métrage le plus médiocre.

Si, par hasard, tu découvres un garçon qui a réellement beaucoup d'avenir, fais-t'en un ami. Invite-le à sniffer avec toi jusqu'à ce qu'il te soit complètement acquis. Le cinéma est trop dur pour un *junky* : il ne sera jamais capable de supporter un tournage de sept semaines. Il ne te fera jamais concurrence !

Pour un metteur en scène aussi ingénieux que célèbre, une des épreuves les plus difficiles et à laquelle peu ont survécu, c'est la bêtise des autres. Le problème c'est qu'on ne sait jamais trop quoi dire à la fin d'une projection, même si le film t'a plu. Et toi, tu te sens très mal à l'aise, car le metteur en scène, lui, qui voit son film projeté dans les salles, n'a pas de problèmes : il sait que c'est un chef-d'œuvre et personne n'ira lui dire le contraire.

Je vais te donner plusieurs conseils ; un seul ne te serait que d'une piètre utilité. Même si tu as parfois cette impression : un film ne ressemble jamais à un autre. Un film qui évoque certains problèmes de société n'a rien à voir avec un film de science-fiction – bien que, si ces films sont des films espagnols, on puisse parfois les confondre... Un film de Manolo Gutierrez n'est pas un film de Carlos Saura, un film de Berlanga n'est pas un film de del Real, un film de Garci n'est pas un film de Capra. Mes films n'ont rien à voir avec ceux de Billy Wilder par exemple, même si les Américains s'acharnent à penser le contraire.

TRÈS IMPORTANT : Toutes les fois que tu te rends à une projection, tu dois avoir l'intime conviction que le film ne te plaira pas.

PROPOS À TENIR À LA SORTIE D'UNE PROJECTION EN FONCTION DU FILM QUE TU VIENS DE VOIR.

– Si tu t'es mortellement ennuyé et si tu n'avais qu'une envie : partir, il faut dire :

« C'est un film réellement inquiétant. »

– Si tu ne sais pas par où le prendre :

« Le travail de l'assistant de production m'a enthousiasmé. Qui est-ce ? Qu'a-t-il déjà fait ? »

– Si la photographie est une des plus médiocres que tu aies jamais vues :

« Le film est d'une rare beauté. »

– Si le metteur en scène est simplement jeune :

« Il est plein de fraîcheur. »

– Si au contraire il est plutôt âgé :

« Quelle incroyable maturité. »

– Si tu n'as rien compris, ni toi ni personne :

« Tout est si subjectif. »

– Si le scénario n'est qu'un tissu de lieux communs :

« Quelle transparence admirable. »

– Si les acteurs, qui sont très laids, sont aussi les amis du metteur en scène :

Toi : Le casting est insolite. Où as-tu trouvé ces acteurs ou ces NON-acteurs ?

Le metteur en scène : Ce sont des amis.

Toi : Rien ne VAUT les GENS ORDINAIRES (pour ne pas dire vulgaires) ! Ils font des choses qu'un acteur professionnel N'OSERAIT PAS FAIRE !

– Si les dialogues sont inaudibles :

Toi : Tu improvises beaucoup ?

Le metteur en scène : Non, pas du tout. Mes scénarios sont en béton.

Toi : On n'y voit que du feu ! Les dialogues semblent si naturels qu'on dirait presque du cinéma-vérité !

Le metteur en scène : C'est moi qui les ai écrits. Mais je les travaille beaucoup.

Toi : Tu es un vrai génie, mon vieux !

Bon, tu es arrivé là où tu voulais ! A partir de maintenant, il faudra que tu te débrouilles sans tonton Almodóvar. Tu n'as plus un sou, mais tu as un futur turbulent devant toi et tu es prêt à le vivre intensément. Durant ces trente dernières années, tu as dû tant te battre que tu t'es un peu négligé. Tu n'as guère pensé à toi. La vérité, c'est que tu te sens très seul. Mais contre la solitude, je ne peux te donner aucun conseil. Essaie d'en trouver toi, et fais-m'en profiter, ça me ferait beaucoup de bien ! Un baiser avec la langue. Au revoir.

SOURCES

Patty Diphusa, *La Luna*, 1983-1984.
Sans l'amour, la vie ne s'appellerait pas la vie, *Diario 16*, 1987.
Scarlett O'Hara : une vraie femme de la Manche, *Diario 16*, 1988.
Aller à Madrid, *Diario 16*, 1989.
Modes et coutumes des années 90, *Diario 16*, 1989.
Auto-interview, 1984, *Diario 16*, 1984.
Un bon début, *El Globo*, 1987.
La Naissance de Dada, *Víbora*, 1979.
Sexcrit sur du vent, *La Luna*, 1984.
La Vocation, *Diario 16*, 1985.
La Ville, *Diario 16*, 1985.
Trop, c'est trop, *Diario 16*, 1985.
Solitude au sommet, *Diario 16*, 1985.

TABLE

Présentation par Gérard de Cortanze. I
Prologue par Pedro Almodóvar 7

PATTY DIPHUSA,
LA VÉNUS DES LAVABOS

Moi, Patty Diphusa 17
La réalité imite le porno 22
Scène de ménage dans les toilettes
d'une discothèque 29
Un kilo de fruits de mer 35
Le langage est une convention
ou le Fiancé amnésique d'Ana Conda 41
Cette fois-ci, je ne me ferai pas avoir 47
La D.G.S. me rend morose 53
La Fille qui ressemblait à Spencer Tracy 59
Je suis de retour 65
Un épisode bourgeois 71
Patty, le mythe 80
Moi, Patty, j'essaie de me connaître
à travers mon auteur 84

REMPLISSAGE

Sans l'amour, la vie ne s'appellerait pas la vie . 91
Scarlett O'Hara : une vraie femme de la Manche . 94
Aller à Madrid 97
Modes et coutumes des années 90 102
Auto-interview, 1984 106
Un bon début 114
La Naissance de Dada 121
Sexcrit sur du vent 125
La Promotion 129

CONSEILS
POUR DEVENIR UN CINÉASTE
DE RENOMMÉE INTERNATIONALE

La Vocation 137
La Ville 142
Trop, c'est trop 148
Solitude au sommet 156

COMPOSITION : I.G.S. CHARENTE-PHOTOGRAVURE À L'ISLE-D'ESPAGNAC
IMPRESSION : BUSSIÈRE CAMEDAN IMPRIMERIES À SAINT-AMAND (8-99)
DÉPÔT LÉGAL : MAI 1999. N° 25584-2 (993204/1)

Collection Points

DERNIERS TITRES PARUS

P605. Le Jeu des décapitations, *par José Lezama Lima*
P606. Bloody Shame, *par Carolina Garcia-Aguilera*
P607. Besoin de mer, *par Hervé Hamon*
P608. Une vie de chien, *par Peter Mayle*
P609. La Tête perdue de Damasceno Monteiro *par Antonio Tabbuchi*
P610. Le Dernier des Savage, *par Jay McInerney*
P611. Un enfant de Dieu, *par Cormac McCarthy*
P612. Explication des oiseaux, *par António Lobo Antunes*
P613. Le Siècle des intellectuels, *par Michel Winock*
P614. Le Colleur d'affiches, *par Michel del Castillo*
P615. L'Enfant chargé de songes, *par Anne Hébert*
P616. Une saison chez Lacan, *par Pierre Rey*
P617. Les Quatre Fils du Dr March, *par Brigitte Aubert*
P618. Un vénitien anonyme, *par Donna Leon*
P619. Histoire du siège de Lisbonne, *par José Saramago*
P620. Le Tyran éternel, *par Patrick Grainville*
P621. Merle, *par Anne-Marie Garat*
P622. Rendez-vous d'amour dans un pays en guerre *par Luis Sepúlveda*
P623. Marie d'Égypte, *par Jacques Lacarrière*
P624. Les Mystères du Sacré-Cœur, *par Catherine Guigon*
P625. Armadillo, *par William Boyd*
P626. Pavots brûlants, *par Reggie Nadelson*
P627. Dogfish, *par Susan Geason*
P628. Tous les soleils, *par Bertrand Visage*
P629. Petit Louis, dit XIV. L'enfance du Roi-Soleil *par Claude Duneton*
P630. Poisson-chat, *par Jerome Charyn*
P631. Les Seigneurs du crime, *par Jean Ziegler*
P632. Louise, *par Didier Decoin*
P633. Rouge c'est la vie, *par Thierry Jonquet*
P634. Le Mystère de la patience, *par Jostein Gaarder*
P635. Un rire inexplicable, *par Alice Thomas Ellis*
P636. La Clinique, *par Jonathan Kellerman*
P637. Speed Queen, *par Stewart O'Nan*
P638. Égypte, passion française, *par Robert Solé*
P639. Un regrettable accident, *par Jean-Paul Nozière*
P640. Nursery Rhyme, *par Joseph Bialot*
P641. Pologne, *par James A. Michener*
P642. Patty Diphusa, *par Pedro Almodóvar*
P643. Une place pour le père, *par Aldo Naouri*